U0723564

中华
ZHONGHUA HUN
魂

百部爱国故事丛书

折冲樽俎护山河

——近代著名外交家曾纪泽

苑宏光　张　一　编著

吉林人民出版社

图书在版编目（CIP）数据

折冲樽俎护山河 : 近代著名外交家曾纪泽 / 苑宏光，
张一编著 . -- 长春 : 吉林人民出版社，2011.3（2021.8 重印）
（中华魂·百部爱国故事丛书）
ISBN 978-7-206-07480-6

Ⅰ . ①折… Ⅱ . ①苑… ②张… Ⅲ . ①故事—中国—
当代 Ⅳ . ① I247.8

中国版本图书馆 CIP 数据核字 (2011) 第 031992 号

折冲樽俎护山河
——近代著名外交家曾纪泽
ZHECHONGZUNZU HU SHANHE
——JINDAI ZHUMING WAIJIAOJIA ZENG JIZE

编　　著 : 苑宏光　张　一
责任编辑 : 王　静　　　　封面设计 : 孙浩瀚
制　　作 : 吉林人民出版社图文设计印务中心
吉林人民出版社出版 发行 (长春市人民大街7548号　邮政编码 :130022)
印　　刷 : 北京一鑫印务有限责任公司
开　　本 : 787mm×1092mm　　1/16
印　　张 : 8　　　　　字　数 : 64千字
标准书号 : ISBN 978-7-206-07480-6
版　　次 : 2011年3月第1版　　印　次 : 2021年8月第2次印刷
定　　价 : 35.00 元

如发现印装质量问题,影响阅读,请与出版社联系调换。

总　序

　　《中华魂》是一套故事丛书。它汇集了我国自鸦片战争以来一百八十余年间的近百位民族英雄、仁人志士、革命领袖、先进模范人物的生动感人事迹,表现了他们作为中华儿女的伟大的爱国主义精神。

　　爱国主义是人们对于"生于斯、长于斯、衣食于斯"的祖国的一种神圣感情,是人们对于自己民族的一种强烈的责任感和使命感,是感召和激励整个中华民族的一面永不褪色的旗帜。在一百多年的中国近现代史上,爱国主义一直激励着中华儿女为祖国的独立、统一、进步和繁荣而英勇奋斗。从"苟利国家生死以,岂因祸福避趋之"的林则徐,到"我自横刀向天笑,去留肝胆两昆仑"的谭嗣同;从"铁肩担道义,妙手著文章"的李大钊,到"青春换得江山壮,碧血染将天地红"的赵一曼;从"县委书记的好榜样"的焦裕禄,到"问鼎长天,扬我国威"的邓稼先……都表现出了强烈的爱国主义精神。正是由于热爱祖国的人们前仆后继地奋斗,国家和民族才得以生存,才能够在一次次历史危急关头转危为安,走向兴盛和富强,从而屹立于世界民族之林。爱国主义是鼓舞中华儿女历经忧患、跨越沧桑、百折不挠、自强不息的伟大力量,它贯穿于中华民族的整个历史,并有力地凝聚着五洲四海的中国人。

爱国主义是一个历史的范畴,在社会发展的不同阶段、不同时期有不同的具体内容。革命时期,需要我们为祖国的独立自主出生入死;建设时期,需要我们为祖国的繁荣富强增砖添瓦。在全国各族人民团结一心,开启全面建设社会主义现代化国家新征程的今天,我们要争做一名新时期的爱国者。新时期的爱国者要有强烈的民族自尊心、自豪感。民族自尊心、自豪感是任何时期、任何爱国者都必须具备的情感。民族自尊心能增强我们自立向上的恒心,民族自豪感能树立我们建设祖国的信心。要树立"祖国高于一切"的崇高信念,为了祖国和人民的利益不惜抛却个人的利益,甚至不惜牺牲个人的生命。我们要树立终身学习的理念,拓宽自己的知识面,广泛吸收新知识、新技术,完善自身的知识结构,更新学习知识的方法与理念,从思想上、知识上充分武装自己,为祖国的繁荣昌盛贡献力量。

爱国主义思想的继承和发扬,是关系到民族盛衰、国家兴亡的根本问题。爱国主义思想情操的形成,需要不断地培养。培养爱国主义精神的一个重要途径是向英雄人物和典范事迹

学习和致敬。这套丛书的出版,对于青少年向
英雄和先进人物学习,特别是对于在中小学生
中进行爱国主义教育是不可多得的生动的教
材。祝愿此书出版发行成功,为培养时代新人
做出贡献。

胡维革

中华魂

百部爱国故事丛书

编委会

策　划：　胡维革　　吴铁光

　　　　　林　巍　　冯子龙

主　编：　胡维革　　邢万生

副主编：　贾淑文　　杨九屹

编　委：（按姓氏笔画为序）

　　　　　于二辉　　刘士琳

　　　　　刘文辉　　孙建军

　　　　　李艳萍　　吴兰萍

　　　　　谷艳秋　　隋　军

仓卒珠盘玉敦间，

待凭口舌巩河山。

——曾纪泽

目　录

中华魂 百部爱国故事丛书
ZHONGHUA HUN

曾纪泽(1839—1890)，字劼刚，湖南湘乡人，晚清重臣曾国藩之子。曾纪泽是中国近代史上著名的爱国外交家，曾出任驻英、法公使。后又兼充驻俄公使，在中俄伊犁交涉事件中，他秉着抵抗列强、保卫国家的坚定意识，利用外交手段全力同沙俄抗争，与沙俄谈判修改《里瓦几亚条约》，经过艰难曲折的斗争，签订了中俄《伊犁条约》，捍卫了国家主权、民族尊严，收回了祖国的领土，在近代中国外交史上留下了光辉的一页。

承父命致力于学业
少立志自修通英语

1839年曾纪泽出生于湖南湘乡，孩提时代的曾纪泽聪明伶俐，勤奋好学，对中国传统的文化知识如诗书典章等反复练习、诵读，练就了过硬的文化基础本

曾国藩故居富厚堂，又名毅勇侯第，是曾国藩的侯府，坐落在湖南省双峰县的鳌鱼山脚。

领，为以后从事外交工作打下了坚实的基础。

他的父亲曾国藩是清朝的大员，晚年时历任直隶总督、两江总督等重要职务。他对子女要求很严格，从不让他们沾染上少爷小姐的习气，而让他们做的事情就是读书、明理，成为有学问的人。

一次，曾纪泽因看到和自己年龄相仿的小伙伴们先后几年间都通过科举而当了官，就给在外任职的父亲写信，征求他的意见，问自己是否也该报考科举以谋求一官半职。

曾国藩在回信中，却再三告诫曾纪泽及其他兄弟，说："一般的人都希望自己的子女成为大官，而我却不这样，我希望我的孩子都成为读书明理的君子，勤劳俭朴，能吃苦。由于银钱田产，最容易使人生长骄奢

曾氏故居内的藏书楼

折冲樽俎护山河
——近代著名外交家曾纪泽

曾国藩的藏书十万册，曾纪泽藏书十万册，共二十万册，是我国私人藏书之最。

之气，所以，我不希望你们过早地走上仕途。你们只有和寒士一样衣食起居，才可以成为有用的人才，断不可以沾染上富贵习气。"曾纪泽牢记着父亲的教诲，一直潜心学习，直到父亲去世后才继承爵位步入仕途。

1840年鸦片战争以后，中国的大门被打开了，随着外国侵略的深入，西方文化也被大量地传到了中国。当时一些有思想有见识的中国官僚主张向西方学习，"师夷之长技以制夷"，到了19世纪六七十年代，洋务运动在曾国藩等大官僚的倡导下，在一些地方创办起来，被当时人们称为"西学"的西方文化也随之被广泛地应用。

在曾国藩的书房里，有很多关于西学的书籍，曾纪泽总是向父亲借来阅读，这样，由于受到父亲的影响，到了青年时代，曾纪泽就已经学习了近代数学、热学、光学、化学和机械学，并且初步进行了一些研究。

在曾纪泽26岁那年，伟烈亚力和李善兰继续利玛窦和徐光启的事业，把数学家欧几里得写的《几何原理》一书全部翻译成中文。这对中西文化交流有重要的意义。曾国藩为这部译著校刊。为了检测一下曾纪泽学习西学的成绩，曾国藩决定让曾纪泽用自己的名义给这本书写序。

一天清晨，曾国藩差人把曾纪泽叫到自己的书房，对他说：

"泽儿，你对数学有了一些了解了吧？"

曾纪泽回答说："只是略知一些皮毛，今后还得再努力研究。"

"我这里有一部关于数学方面的译著，我想让你用我的名义写一序，你看怎么

曾国藩像

折冲樽俎护山河
——近代著名外交家曾纪泽

富厚堂内曾纪泽的卧室

样?"曾国藩说完，就把《几何原理》递给了他。曾纪泽接过书，用征询的眼光看着父亲，说："我能行吗?""我看你试试吧，不试，怎么能知道自己不行呢?"父亲鼓励他说。曾纪泽回到自己的房里后，仔细地研究了译著以及和中国数学相比的优长和缺点，很快地写出了序，并在序中实事求是地指出了欧洲数学比中国古代算法的长处。曾国藩看了这篇序文后，很满意，并在文后写了批语，称之为"文气清劲，笔亦足达难显之情"。不难看出曾纪泽在"西学"方面有一定的研究。随着年龄的增长，所学的知识越来越丰富，在曾纪泽的心目中，对西学产生了浓厚的兴趣。凡是西学中比较先进的东西，只要听说了，就要设法去了解它，研究它。

有一回，父亲从两江总督府回家后，对孩子们说："你们有没有听说过地球仪？"孩子们都摇摇头。

父亲又说："今天，制造局的人制造了一个大地球仪，安放在两江总督府的大厅里，你们不想去见见吗？"

清代制作的地球仪

曾纪泽一听，马上说："我们以前没有看过地球仪，它到底是什么样子，我真想见一见。"

小妹妹纪芬立即嚷嚷起来："我也去，我也去。"

父亲接着说："今天府衙已经关门了，明天我带你们去。"兄妹俩听后乐得合不拢嘴。

第二天，小纪芬早早地梳洗完毕去找哥哥，然后两人随着父亲一起去两江总督府。

到了府衙大厅以后，只见正中放着一个直径两米左右的大地球仪，球面上有花花点点的图案，曾纪泽凭着自己以往所学的地理知识，给小妹妹讲解。

折冲樽俎护山河
——近代著名外交家曾纪泽

曾国藩，字伯涵，谥文正，湖南省长沙府湘乡县人，晚清重臣，湘军的创立者和统帅，官至两江总督、直隶总督、武英殿大学士，封一等毅勇侯。清朝军事家、理学家、政治家、书法家，文学家。

曾国藩的身后评价，随着时间的推移形成了鲜明的两极化对照。有人批评曾国藩不但残酷镇压太平天国起义，而且经常在胜利后屠杀，杀人过多，送其绰号"曾剃头""曾屠户"；也有人认为曾国藩平定太平天国，保卫清朝政权，体现了"修身齐家治国平天下"的儒家精神，从而用"忠君报国，文武兼备，兴学清廉"来作为对他的评价。

小纪芬老是不停地问："这是哪儿呀？离我们这里远不远呀？那么远我们怎么去呀？"

曾纪泽仔细地看着地球仪，生怕漏掉一个小岛屿。他边看边对坐在一边的父亲说：

"父亲，如果可能的话，我将来要到地球的另一边去，到那里，为自己的国家效力。"

小妹妹纪芬一听，眼睛瞪得好大，瞅着哥哥说："地球的那一边离我们这么远，怎么能为国家效力呢？"

曾纪泽笑着对小妹妹说："当驻外大使啊！在国际上为国家争得权益，那岂不是更有意义吗？"

折冲樽俎护山河
——近代著名外交家曾纪泽

曾国藩故居占地六十余亩，建筑面积一万余平方米。它由思云馆、毅勇侯第前门、宅东门、宅西门、全宅围墙、宅南藏书楼、宅北芳记书楼、八本堂、缉园十景等组成富厚堂建筑群，当地百姓称之为"宰相府"。

富厚堂的"富厚"一词出自《汉书·功臣表》"列侯大者三四万户,小国自倍,富厚如之"一语,其命名示意这是一座"侯府"。

父亲听了儿子的话,赞许地点了点头,对他说:"只是外交官的路可不是那么好走的。俗话说,'弱国无外交'。如今我们大清朝虽说看上去很强大,可实际上是处处受制于外国列强,圣上和皇太后就怕与外国开战,一开战,肯定又是屈辱的割地、赔款。没有强大的后盾,外交官在前方争国格、争权益又谈何容易。"

听了父亲的话,曾纪泽更激动了,用手抚摸着地球仪上中国的版图,说:"正是因为外国列强欺侮我们，我才要去做一名外交官，在谈判桌上为国家争权益，如今我们国家真正的外交官太少了。”

"我很赞同你的这个想法，不过，要当外交官，光有热情不行，还必须要学好外国语，这就等于当兵的上战场打仗一样，没有枪怎么去打仗呢？"父亲说。

曾纪泽像

折冲樽俎护山河
——近代著名外交家曾纪泽

"父亲所言极是，我一定会把外语学好的。"曾纪泽说着暗暗下定了决心。1872年，年迈的曾国藩因病去世了，曾纪泽悲痛万分，他把父亲的灵柩护送到老家湖南安葬，并在那里为父亲守墓。在那悲痛的日子里，曾纪泽思绪万千。他想，既然自己已定下了将来的理想，又得到了父亲的同意，为何不利用守墓三年的时间来学习英文呢？在当时，西方国家语言传到中国来被利用得最多的就是英语了。

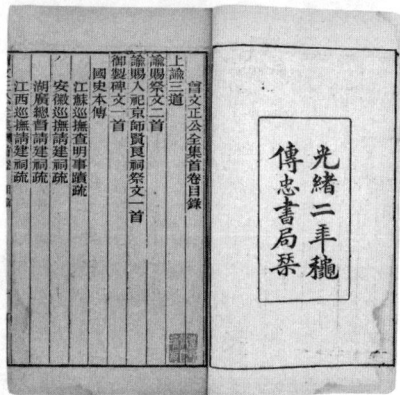

主意一定，曾纪泽马上行动起来，出去找英语书和会英语的人。可是找了几天，才在附近一个教堂里找到了一部英文字典和一本英汉对照的《圣经》，连一个懂英语的人也没有。因为大多数士大夫，只知道读中国传统的儒家经典著作，根本不晓得还有别的什么书籍，谁要是说洋话，写"旁行斜上"的洋文，就要被认为是大逆不道，是儒学的耻辱。尽管如此，曾纪泽可不在乎什么"大逆不道"，虽然这一年他已过了而立之年，已33岁了，但他要学习英文，决心要掌握研究西学、走向世界的语言工具。

没有教师、没有教材，没有能够帮助他的人，这一切都没有难倒曾纪泽，他为自己制定了详细的学习计划，每天早晨天刚一亮就起床，夜里直到半夜才休息，每天都是把自己关在书房里，靠着一部英文字典和一本英汉对照的《圣经》，将汉语的"双声、叠韵、音和"等的形声训诂之学和"泰西字母切音之法"互相比较，进行研究，慢慢地，就能够理解英国的语言文字了。

学习入了门，可是人也累瘦了，他的夫人看着他整天学呀学的，口里不停地叨咕，以为他学得入了魔，

折冲樽俎护山河
——近代著名外交家曾纪泽

《曾国藩家书》是曾国藩的书信集，成书于清咸丰年间，记录了曾国藩在清道光三十年至同治十年前后30年的翰苑和从武生涯，近1 500封。所涉及的内容极为广泛，是曾国藩一生的主要活动和其治政、治家、治学之道的生动反映。曾氏家书行文从容镇定，形式自由，随想而到，挥笔自如，在平淡家常中蕴藏真知良言，具有极强的说服力和感召力。

曾国藩的家书中，在持家教子方面，主张勤俭持家，努力治学，睦邻友好，读书明理。他希望后代兢兢业业，努力治学。他常对子女说，只要有学问，就不怕没饭吃。

就劝他："你都三十多岁的人了，还费这个脑筋干啥？不如求个一官半职算了。"曾纪泽笑了笑，说："人活着，不管多大岁数都要学习，累掉一点肉不算什么，还可以再长嘛，可是，夫人呐，如今我们大清朝缺少外交人才，在与外国人打交道时总是吃亏，不会说人家的话又怎么能和人家打交道呢？"

他的夫人心疼地说："我知道你有远大的抱负。可是身体垮了，你也将一事无成啊！看你，都累成这个样子了，也不知道爱惜身体。"

他感激地看着夫人，想到她为了自己，经常陪读到深夜，还不时送来一杯醒神茶，心里十分感激，躬身施礼道："多谢夫人，以后我一定注意就是了。"

有时，为了能熟练掌握一个句子或单词，他反复琢磨推敲，甚至要耗费几天的时间。就这样，寒来暑往，曾纪泽以惊人的毅力和勤奋，用5年的时间基本掌握了英语。

1877年，曾纪泽以长子的身份承袭了曾国藩的侯爵爵位，并进京觐见皇上谢恩。在北京期间，他所下

这是1898年戊戌变法之前，光绪皇帝接见外国使臣的仪式。

这张照片中，翰林院的编修们正宴请儒雅的英国商人立德。

榻的旅馆和西方各国驻京使馆相邻。

英国驻京使臣听说曾纪泽在湖南湘乡自学英语达到通晓的程度，不相信是真的，说："世界上哪能有这样的事情，没有人教、没有教材竟可以学会一种语言？"于是抱着怀疑和好奇的心理，到曾纪泽住的旅馆来访，以试探曾纪泽的英文水平；曾纪泽也是第一次用英语同别人讲话。当英国使臣到来时，曾纪泽竟能很流利地用英语向他们问好，并同他们交谈。英国使臣眼见为实，说道："世界上真有这样的奇人呀！"纷纷竖起了大拇指，称赞曾纪泽英语说得好！

此后，同文馆（清朝第一所外国语学校）内英、美籍教师丁韪良、艾约瑟，医生德约翰等人都成了曾纪泽住处的常客，他们很快成了朋友。交谈中，曾纪泽的英语水平得到了进一步的提高。现在，在英国伦敦博物馆中保存着一把曾纪泽自作自写中、西诗文的"中西合璧诗扇"，这是他赠给外国朋友的礼物，由此，可以看出他的英文水平是很高的。曾纪泽会讲英语，很快就在京城传开了，尤其当皇上和皇太后听说后，更是非常高兴。当时正值中国边疆出现危机之时，朝廷正愁没有合适的人选派为公使。朝廷派出的第一任驻英法公使郭嵩焘已经年迈，身体又不好，虽有很强的爱国心，但实在是力不从心了。在这种情况下，朝廷决定派曾纪泽作为清政府第二任公使出使英、法两国。

美国白宫草坪上的清末外交官

折冲樽俎护山河
——近代著名外交家曾纪泽

　　曾氏兄弟五人，除曾国藩文才武略，对于近代中国的影响深远外，九弟曾国荃的功名要高于其他三人，不仅对于清朝功不可没，对曾国藩的帮助也最大。他早年随曾国藩筹建湘军，咸丰六年起独领一军。

　　1856年，曾国藩率领的湘军在江西湖口惨败后，被太平军围困南昌周围的狭小地区，处境十分险恶。曾国荃为了救援其兄，与吉安知府黄冕劝捐募勇3 000人，援救江西，连陷安福等地，进围吉安。太平军凭险死守，等待援兵，攻城非常困难。曾国荃等采取挖壕筑垒的战略，实行长围久困之策。以后攻安庆，陷天京（今南京），曾国荃都以挖壕围城取胜，因此有了"曾铁桶"的外号。

　　一直以来，曾国荃都是一个颇具争议性的人物：在对战太平天国中，他作战勇猛，攻无不克。他手下的将士也大都是亡命之徒，每攻下一城，曾国荃命令放假三日，任凭兵勇烧杀抢掠奸淫，无恶不作。因此这支湘勇在攻城时，都能奋不顾身，铤而走险，这个特点在后来围困安庆、攻陷天京时表现尤为明显。——1864年7月攻陷天京，曾国荃纵兵焚烧抢掠7天7夜，血洗全城。

但他也有惠及百姓的一面：在任山西巡抚期间，正逢晋地久旱无雨，赤地千里，曾国荃多方措款、筹粮，办理救灾度荒事宜竭尽全力。当地百姓对他感恩戴德，曾专门修建生祠，以纪念他。

曾国荃节录陆机《文赋》

折冲樽俎护山河
——近代著名外交家曾纪泽

曾纪泽的外交思想

1878至1885年，曾纪泽活跃在外交舞台上，当时中国正处于半封建半殖民地时期，正如曾纪泽所说："办洋务难处，外国人不讲理，中国人不明时。"

在出使西方过程中，曾纪泽深感"万国深经奇世界，半生目击小沧桑"。更多地接触到西方近代科学文化和政治思想后，大开眼界的他赋诗云："九万扶摇吹海水，三千世界启天关。从知混沌犹余窍，始信昆仑别有山。"

随着对西方国家了解的日益加深，曾纪泽对国际关系以及西方列强对华态度的认识也比较透彻。当时洋务派中不少人坚持"以夷制夷"，其至"联英制俄""联俄制日"。对此曾纪泽一针见血地指出："西方各国虽外和内忌，各不相能，而于中华，则独有协议谋我之势。何也？一邦获利，各国均沾。"因此，他认为："邦交不可以常恃。"

就是说，曾纪泽已经认识到西方列强联合侵华的性质，因此在与他们交涉的过程中，他是当时少有的、对列强不抱幻想之人，比当时一些崇洋媚外的洋务派要高明。

同时他也认识到，对西方列强不能"援尊周攘夷之言以鄙之"，也不能"自持中华上国而欺凌远人"。这一点，他也比同时期故步自封、沾沾自喜、冥顽不化的顽固派要明智。所以在对外交涉中，他据理办事，不卑不亢，得到了中外有识之士的赞赏。郭嵩焘就曾称："刚与洋人周旋，能存敬慎之心，是以所往皆宜。"

国歌第一人

曾纪泽出使英、法，两年后又兼任驻俄公使，这期间他看到西方国家在公共礼仪场合上演奏国歌，甚为羡慕和感动。他觉得中国也应当有自己的国歌，于是上奏朝廷，呈上自己拟就的《国乐草案》，并谱写了名叫《普天乐》的歌曲，在海外外交仪式上曾作为清朝国歌演奏。

这首《普天乐》的词曲没有明确的记载，很多人推测它并没有词，只是一首曲子。曾纪泽曾将其作为"国乐"的草案上呈朝廷，但没有得到朝廷的批准，不过在海外这首曲子已被当作国歌来演奏。由于曲子节奏过于缓慢，因而经常受到批评。但曾纪泽确实是最早倡议清政府确定国歌的第一人。

中法战争中的曾纪泽

19世纪80年代，法国侵占越南北部，并以其为跳板，将侵占我国西南领土提上了议事日程。法国当时内阁首脑茹费理无耻宣称，每一个资本主义列强都"在广大无边的中华帝国内，竭力地攫取他们自己的一份"。

在法国日益加紧侵略的形势下，曾纪泽属于主战派，熟知国际形势的他主张"保藩固边"。一方面，他主张对法国采取强硬政策，另一方面也不放弃通过和平手段解决中法之争的可能性，即："备战求和、据理力争"。

本来，在中法交涉中，曾纪泽的主张是可取的，在对法交涉时，曾纪泽既坚持原则，又灵活应付，又一次显示了他的外交才能。但个人的能力不能不受外部原因的制约，清政府的昏聩、懦弱无能，举棋不定、顾虑重重，法军的野蛮侵略，列强的狼狈为奸，导致了曾纪泽保藩固边的失策。对此他曾极为愤慨地说："此案……始终误于三字，曰柔、曰忍、曰让！"

取得镇南关大捷的老将冯子材

中法战争爆发后，双方在军事上互有胜负，尤其是老将冯子材率军取得了震惊中外的"镇南关大捷"，使中国在军事上、外交上都处于有利地位，但由于清朝统治者的腐朽昏庸，最后法国强迫清政府签订了丧权辱国的不平等条约。当时人称："法国不胜而胜，中国不败而败。"

郭嵩焘

郭嵩焘(1818—1891)，湖南湘阴人。1877年至1878年任清政府驻英法公使。使外期间，他认真考察西方"朝廷政教"和历史文化，有六十万言记述，得出"西洋国政一公之臣民，其君不以为私"，"中国秦汉以来二千余年，适得其反"的结论。

他是晚清第一个正式领衔出使西方、真正走向世界的中国人，即中国第一位驻外公使，也是中国近代洋务思想家、中国职业外交家的先驱。郭嵩焘对西方的观察，超越了他的时代，主张却不容于当世，晚景甚为凄凉——他的临终名言为："流传百代千年后，定识人间有此人。"

郭嵩焘像

折冲樽俎护山河
——近代著名外交家曾纪泽

不惑之年梦想成真
赴任途中初试锋芒

　　1878年秋季的一天，天空白云点点，一艘法国公司的轮船行驶在波涛汹涌的海面上。在船头的甲板上，站着一位身材魁梧的中年男子，他身穿清朝官服，双手扶着甲板的栏杆，紧锁双眉，炯炯有神的目光凝视着遥远的天际，似乎在思考着什么。他就是清政府派往英、法两国的第二任公使曾纪泽。此时此刻，他的心情也和这翻滚的波涛一样，无法平静……当派他为出使英法大臣的消息传来时，曾纪泽万分激动，当时他只有39岁，刚接近不惑之年，正是人一生中年富力强、大展宏图的时候。他怀着"为国家办事""替国家保

清朝驻华盛顿公使馆（1900年前）

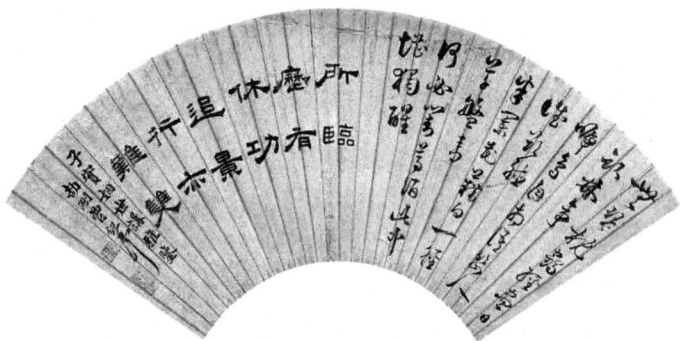

曾纪泽书法扇面

全大局"的耿耿忠心，赋诗言志：

> 仓卒珠盘玉敦间，
>
> 待凭口舌巩河山。

珠盘和玉敦都是古代诸侯会合时用的礼器，这里指各个国家。这首诗的意思是指他仓促地接受了出使英法的任务，决心要凭着自己的口舌，在外交场合上保卫国家的大好河山。这也正是他由来已久的夙愿。

临赴任前，慈禧太后在皇宫的养心殿东间召见了曾纪泽。曾纪泽衣帽整齐来到养心殿，先是跪谢天恩，然后再免冠叩头，之后走到铺垫前跪下聆听圣训。

太后先问了一些路途中的安排，然后又问："听说你外国语学得很好？"

折冲樽俎护山河

曾纪泽回答说;"臣只是略识英文,略通英语,都是从书上看的,看文字比较容易,听还比较困难,因为不常说所以不熟练。"

太后又问:"既然你懂英语,就很方便了,是不是与外国人交往就可以不需要翻译呢?"他回答说:"外交官办外交和翻译外语不是一回事。办外交,要紧的是要熟悉条约,熟悉国际公法,不必侵占了翻译的职权。臣将来在和外国人谈论公事的时候,即使语言已懂,也要等候翻译传述。一则朝廷的体制应该是这样的,二则也是在翻译的过程中,借着停顿的时候,思考应答的词句。英国公使威妥玛,会说汉语,但他谈

各方评价

1878年8月，曾纪泽开始出任中国驻英法大使，从此开始了他的政治和外交生涯。

曾纪泽出使英法的任命发布后，各国驻华使节和在华洋人对他进行了评价。美国公使何天爵高度评价了曾纪泽的英文水准，还强调曾纪泽的出任是"最适宜的一项选择，对于未来的中外关系，必有良好的效果"。英国在华官方性质的《北华捷报》特别发表社论，认为"曾侯之被派使英，实为最佳人选"，又说他"就个人的业绩而言，固然尚无表现，但从他温婉率真的性格来看，可以预料，他将能成功地应付未来的难题"。

可以说，各国对曾纪泽出使英法反映很好，但这并不妨碍在以后的外交事务中，曾纪泽为了中国的利益与他们进行针锋相对的斗争。

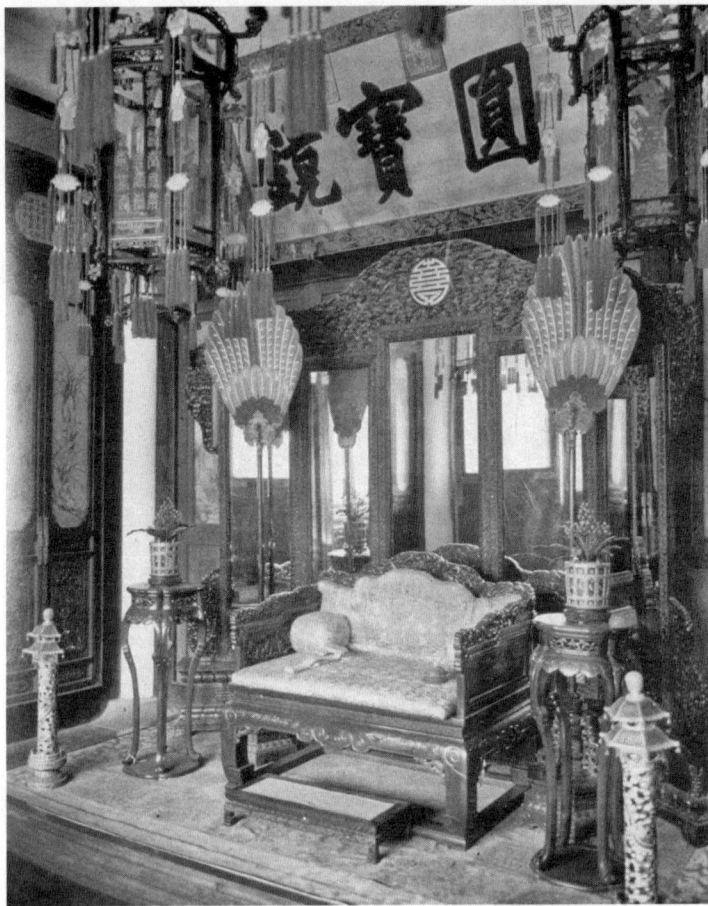

论公事的时候却一定用翻译官进行翻译，就是这个意思。"

太后说："办洋务是非常不容易的。"

他回答说："办洋务的难处，根本的在于外国人不讲理，以强权欺侮我们，而偏偏我们中国人大多数却看不到这种形势。中国人恨洋人这不用说。但要紧的

是要发奋图强，只有自己国家强大了，才能解决不受欺侮的问题，否则光凭烧毁一个教堂，杀死一个洋人根本不能解决问题，反而还会招惹事端。可惜中国大

多数人却不明白这个道理。"

太后听了曾纪泽的话，很同意他的看法，说："你说的很对，外国人欺侮我们，这个仇一天也忘不了，只是自强还得慢慢来，绝不是杀一个洋人，烧一间洋房就算报了仇。"又说："我们国家明白这道理的人少，你为国家办这些事情，将来那些顽固的人一定有骂你的时候，而你却要任劳任怨，真是难为你了。"

他为太后能这样体谅他，很感动，说："作为臣子，为国家尽忠，乃是常理。在如今这种形势下，为国办理外交事务，必须把名声看得很轻，才能替国家保全大局，为国家办事，即使被人骂又算得了什么呢？"

太后召见后，曾纪泽的心情更加沉重了，报效国家，使国家富强起来的愿望更强烈了，带着这种愿望，曾纪泽开始了他的外交官生涯。在赴任途中，曾纪泽就展示了他的外交才能。

轮船行至上海后，停泊数日，曾纪泽一行做最后的准备工作。在上海，驻有各国的领事，按国际通例，曾纪泽先派参赞去拜见，然后，各国领事再来拜曾公使，公使再回拜。

其中英国领事达文波，以前曾经和曾公使有过一面之交。按国际通例，曾公使马上派参赞去见达文波。

可是，达文波见到曾公使派去的参赞后，不提自己何日回拜曾公使，趾高气扬地问参赞："你们曾公使哪一天来拜见我呀？"他想趁曾公使还没有到任之前，就杀一杀曾公使的锐气，给他来个下马威。

参赞按国际通例告诉达文波："在你拜见我们曾公使后，他方可以回拜你。"

达文波一听，满脸的不高兴，说："中国不是有行客拜坐客的礼节吗？他为什么不来先拜见我呢？"

参赞回答说："如果是平常理应如此，不过曾公使此次是赴任，代表大清国家。"达文波气呼呼地没有再说什么。第二天，他给曾公使写来一封书函，信上说："承蒙贵参赞来拜，本领事当在 X 日派遣副领事官 XX 前去答拜。"

参赞看后，气愤地说："这不是故意欺侮人吗？明明是应该他来回拜，却派个什么副领事官来。"

曾公使看后，笑着说："这没有什么了不起，我们以其人之道还治其人之身，他对我无理，我们也可戏弄他。"于是，曾公使提笔书写一封回信，上写："承蒙你派遣副领事官 XX 来答拜，本大臣特派参赞官在住处恭候。"

到了那一天，达文波果然派了副领事官司格达前

折冲樽俎护山河
——近代著名外交家曾纪泽

清代官员出巡

来答拜，并说："我要拜谒你们公使大人。"手下人把司格达的话回报曾公使，曾公使令手下人对司格达说："如果你是来答谢前日参赞之拜的，那么参赞已等候多时了，这是前几天给你们的信函这样约定的。如果是你自己忽然想要拜见公使的话，公使生病未好，恕不接待。"司格达见无计可施，只好怏怏地走了。

达文波听了司格达的汇报后，气急败坏，暴跳如雷，恨恨地说："一个被我们大英帝国打败了的清国的小小公使，竟如此狂妄，等着瞧。"于是他向司格达面授机宜，让他去各国领事那里，告诉他们不要先来谒见曾公使。

然而达文波的诡计没有得逞，法国领事对达文波的做法坚决不认同，因为法国是注重礼节的，所以他

是故君子大輅而祭謂業禮

不士大輅而祭謂業僭管仲

鏤簋朱紘山節藻梲君子以

爲濫矣晏平仲祀其先人豚

曾纪泽隶书条屏

曾纪泽隶书条屏

题诗端为叠幽妍

劼刚弟曾纪泽

先来拜谒曾公使。其他的各国领事一见法国领事按国际通例办事，都怕被达文波所误，因而相继前来拜谒。并纷纷指责英领事达文波妄自尊大，不讲国际通例。达文波见自己偷鸡不成反蚀把米，又听到各国领事的责难，觉得无颜再见曾公使，推说到镇江游历去了，始终未前来拜谒。隔几日，英国领事公署的另外两位领事施本思、禧在明见达文波不好意思去拜见曾公使，只好二人一起来拜谒。在礼节上争取主动后，曾纪泽才专程到英领事公署回拜施、禧二人，并对他们说：

"我和达领事本来是相识的，如果以朋友关系来说，我先拜见达领事本无不可。只是现在达领事在礼节上故意责难我，领事先见公使，是万国公法的通例，我不敢违背通例而去先拜见他。"施、禧二人无话可说，只是一个劲地"是，是。"

在返回的途中，曾纪泽的随从竖起大拇指，说："曾大人，你真行，一向跋扈惯了的外国人，在你面前今天也无话可说了。"

曾公使正色道："一个国家有自己的尊严，我们是代表着自己的国家的，必须维护她的尊严。一个国家也好，一个人也好，不自尊自爱，别人就会瞧不起你，你们以后跟我在外，一定要注意这一点。"

轮船从上海启程后，即遇到了飓风，风浪险恶，船身摇晃得很厉害。由于曾纪泽一行人多半第一次出远洋，

摇笔尚堪凌浩荡

世卿仁兄大人雅属

个个晕船，折腾得够呛，经过几天时间风雨才停，又走了七八天，到了新加坡。曾纪泽率夫人下船前往总督署拜谒总督及夫人。可当曾纪泽他们离开新加坡时，新加坡的总督不但没有对曾公使拜谒进行答拜，也没有在他们起航时鸣炮欢送。

这时有一个同乘一船的英国人见没有鸣炮欢送，就问曾纪泽，说："新加坡总督失礼于你，而你却不生气，这是为什么？"

曾纪泽泰然地回答说："公使经过的地方，其不能放炮以示相送的很多。一般地说，必须有总督、提督后才可以放炮，没有总督、提督的地方就不放炮。然而放不放炮，并不只是公使的权利，也是总督、提督的权利。现在新加坡总督不放炮以示相送，则是他自己放弃其权利。我则视为新加坡没有总督，就这些，我为什么要生气呢？"

曾纪泽巧妙机智的回答，使那个英国人张口结舌。

打拱是清代最常见的见面礼节

　　沙俄是最早的侵华国家之一，早在17世纪初叶便开始觊觎我国西北边疆。二次鸦片战争期间，沙俄加入了西方列强瓜分中国的行列，以武力威胁清政府签订不平等条约，割占了大片领土，仅1860年的中俄《北京条约》、1864年的中俄《勘分西北界约记》就吞并了中国西部44万平方公里的领土。但沙俄还不满足，把侵略矛头继续指向我国南疆北部，并于1871年占据边疆重镇伊犁。

　　1878年，伊犁已被俄国侵占6年之久，清政府决定派一向认为很有外交经验的崇厚作为钦差大臣与俄进行谈判。虽然崇厚在满臣中号称精通洋务，有不少与外国人打交道的经历，但他才能平庸，时人说他"畏洋人如畏虎"，李鸿章评价他"软弱无识"，曾纪泽也认为他生性怯懦、"善解主国之欢"——用这样的人去为国家争取利益，是必然会失败的。

曾纪泽于1880年2月接到了赴俄谈判改定《里瓦几亚条约》的任命，他深知担当此任的艰巨和处境的困难。

　　困难之一，《里瓦几亚条约》使中国蒙受巨大损失，虽然清廷没有承认，但是作为中方代表的崇厚已经签字，现在要废除不用，沙皇俄国必定不会善罢甘休；困难之二，其时的英、俄两国在华利益之争愈演愈烈，作为英法公使的曾纪泽兼任使俄大臣前去谈判，无形中加大了谈判的难度；困难之三，对于曾纪泽出使俄国，朝内官员各执己见、褒贬不一，如李鸿章就认为派曾出使"殊欠斟酌"，甚至有人提出，曾纪泽平时与西方交好，让他去谈判怎能得胜？

　　面对来自各方的困难和压力，曾纪泽毅然接受了任务，他决心克服重重困难，最大地维护国家利益、民族尊严。

折冲樽俎护山河
——近代著名外交家曾纪泽

曾纪像

《时局图》

清朝末年，国势衰弱，内忧外患，危机重重，以英、法、俄美等国为首的西方列强掀起了瓜分中国的浪潮，他们通过侵略和签订不平等条约，强占中国的土地，划分势力范围，妄想把中国变成他们的殖民地。

现在普遍流传的《时局图》是经后人加工改绘而成。它把19世纪末中国面临的被帝国主义列强瓜分的严重危机，及时地、深刻地、形象地展示在人们面前，起到了警世钟的作用。

图中的熊、虎、蛙、鹰、太阳、三色旗分别代表沙皇俄国、英国、法国、美国、日本和德国。

图上还有代表清政府的三个人物，一个手举铜钱，他是搜刮民财的贪官；一个不顾民族安危，正寻欢作乐；还有一个昏昏似睡者，手中拉着网绳，网中一人正念着"之乎者也"，另一人在马旁练武，揭示清政府用科举考试等升官之途愚弄人民。

图的正下方是一批牛头马面的牛鬼蛇神，正对着中国虎视眈眈，随时准备扑向中国。画面两边有"不言而喻""一目了然"八个大字，寓示列强瓜分中国的阴谋已经昭然若揭，路人皆知。

曾纪泽取得建树的原因

曾纪泽出使各国，前后8年，在外交上建树颇大，究其原因是多方面的：

曾纪泽始终将民族利益、国家利益至于至高无上的地位，甚至能置个人安危、身家性命于度外。他曾说："近来时世，见得中外交涉时间，有时须看性命尚在第二层，竟须拼得将身名看得不要紧，方能替国家保全大局。"

曾纪泽在对外交涉时，从未虚骄自大。他主张按"忠信笃敬"的态度对待外国人。这四字按曾国藩的解释是："忠者无欺诈之心，信则不说假话耳，笃者原也，敬者慎也。"

曾纪泽具有不畏强暴、据理力争的凛然正气。他曾说："理之所在，百折不回，不可威力所趋。"这个"理"就是为国为民的一股正气，就是他对外交涉时所持有的正义立场。

曾纪泽的博学多识也成为他外交成功不可或缺的一个重要条件。他说："本爵颇好留心西学，志欲使中国商民，仿效欧洲富国强兵之术，格物致知之学。"由于熟悉国际政治、精通英文，使得他在外交场合中可以游刃有余地发挥。

曾纪泽的主要外交思想及其外交实践不仅高于其前辈，也高于同时代人。因此中外人士给予了他很高的评价：

美国传教士丁韪良说："曾纪泽出使8年，满载着光荣回到北京，成为中国近代派遣到国外最成功的一个外交家。"

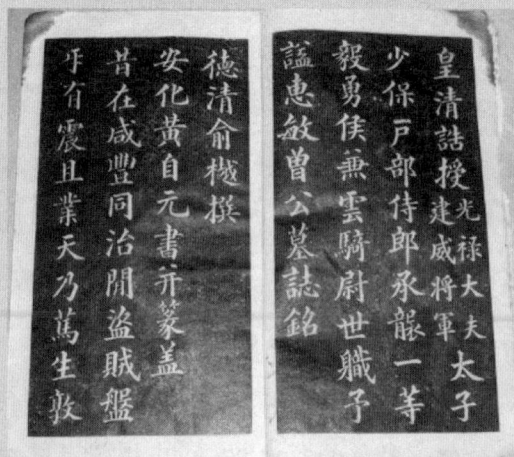

曾纪泽墓志铭

健飛老長兄大人鑒政

勷剛弟曾紀澤

折冲樽俎护山河

——近代著名外交家曾纪泽

曾纪泽隶书条屏

曾纪泽隶书条屏

亮祭則受福鑑遝荅君
虖白祭祝不麾昜不樂
保木不壽嘉事牲不反所木
蒙不美多品祝子白臧木仲

曾纪泽诗作

山 行

禹迹江河万古流，史详华夏略穷陬。

秦皇无术求三岛，邹衍凭空撰九州。

南北自教鹏运海，古今非复貉同丘。

望洋向若嗟何补，且遇青山汗漫游。

次韵答李六容

穷荒无雁只爰居，系帛遥传海上书。

小隐知君非忘世，远游怜我似逃虚。

梦魂楚水吴山里，诗兴寒烟宿雨余。

与子忽分蛮触角，人生何处问乘除。

折冲樽俎护山河
——近代著名外交家曾纪泽

不畏强权虎口夺食
机智善辩忠心报国

    曾纪泽到任后，对英、法等国的政治、社会制度等进行了多方细致的考察，探求各国富强的原因，并结交了各界人士，同时把中国的书画、音乐等传统文化介绍给他们，让他们了解中国、熟悉中国，以提高中国的知名度。

曾纪泽《藕香》扇面

    曾纪泽的诗书画水准皆高，且乐此不疲，晚年在京城，王公大臣求墨宝者不绝于门，光绪皇帝也曾向他索画。

正当曾纪泽顺利开展工作的时候，传来了圣旨，朝廷决定派他兼任驻俄公使，赴沙俄重开谈判，修改《里瓦几亚条约》。

《里瓦几亚条约》是清钦差大臣崇厚慑于沙俄的淫威，在沙俄的诱迫下擅自与沙俄签订的丧权辱国的条约。条约中规定："沙俄交还伊犁及附近9个城镇；但中国要赔偿沙俄所谓'代收代守'伊犁兵费五百万卢布（折合白银二百八十万两）；中国还得割让霍尔果斯河以西及伊犁南境的帖克斯河流域的大片领土给俄国，对喀什噶尔及塔尔巴哈台两处边界作有利于俄国的修订；俄国商人在蒙古及新疆全境贸易免税；增辟俄国由中国西北地区至天津、汉口、西安的陆路通商线路；俄国在嘉峪关、乌里雅苏台、科布多、哈密、吐鲁番、乌鲁木齐、古城等地增设领事。"按照这个条约，中国不仅失去了大片领土，而且即使伊犁收回，也是处于俄国的三面包

051

折冲樽俎护山河

——近代著名外交家曾纪泽

曾纪泽手书六言对联：开高轩以临山，列绮窗而瞰江

缘仲仁兄先生属篆二语置枕江阁

于时夏闰五

开高轩以临山

列绮窗而瞰江

劼刚曾纪泽

围之中。

那么，伊犁又是怎样落入俄国人手中的呢？那是在19世纪70年代初，中亚浩罕国首领封建主金相印入侵新疆，沙俄乘机强行占领了伊犁。当左宗棠收复新疆之后，沙俄仍不肯把伊犁及其附近地区归还给中国。

为此，在1878年6月，清政府派崇厚为钦差大臣赴俄国谈判交收伊犁问题。没想到崇厚到沙俄以后，贪图享乐，收受贿赂，不思身肩的重任，在谈判时，

伊犁得名于伊犁河（光明显达，形容河水在太阳照耀下碧波粼粼），最早见《汉书》，史称伊列、伊丽、伊里等名。清乾隆年间定名伊犁。

清末的伊犁地区由九座城镇组成，整个地区气候宜人，土地肥沃，雨水充沛，物产丰饶，集市贸易发达，是我国西部边境的一块宝地。沙俄垂涎此地久已，因为这里是沙俄从中亚进入我国新疆北部的大门，战略、商业地位都极其重要。

伊犁风光 "不到新疆不知中国之大，不到伊犁不知新疆之美。"伊犁州地处祖国西北边陲、新疆西部，西面与哈萨克斯坦接壤，边境线长两千多公里。

当俄方代表动辄以停止谈判，动用武力相威胁时，崇厚被迫与沙俄签订了有辱国家的条约，使国家的主权受到了严重的损害。消息传到国内，舆论大哗，朝野人士一致要求惩办崇厚，与沙俄一战为快，拒绝在条约上签字，派人重开谈判。

光绪皇帝和慈禧太后也觉得崇厚做得太过分，有损国威，决定下旨将崇厚革职拿问，交刑部办罪。可是派谁去好呢？当时沙俄正逞凶中亚，刚刚打败土耳其，狂傲不可一世，它怎么肯轻易地把到嘴的肥肉吐出来呢？要想虎口夺食，必须要得力的人去方行。而清政府此时的外交方针是"不能轻言开战"。一些有见地的大员上奏朝廷："可派现任驻英、法公使曾纪泽兼

曾纪泽墓的墓志铭仅存一空盒，内存墓志铭已不知去向。

折冲樽俎护山河

——近代著名外交家曾纪泽

　　曾纪泽墓是长沙市文物普查工作队在进行田野调查时发现的。该墓位于望城县雷锋镇牌楼坝村桃子湾，是一处遵照清代侯爵制建造的具有湖南本土特色的清代墓葬。墓坐东朝西，呈半环形布局，占地面积约 3 000 平方米。原墓葬由墓冢、墓围、墓碑、拜台、石阙、神道、石像生组群、墓庐、龟背石石碑等构成，规模宏大。其中墓冢为糯米混瓷浇筑，其余建筑均为花岗石材质。

　　现墓葬整体布局痕迹尚存，自然风貌保持较好，还保存的墓庐屋匾额两块、龟背石碑一座。在墓葬旁，可见到红漆棺盖板一块，虽然暴露在外日晒雨淋，但仍鲜亮如新。在旁边不远处，有墓志盒构件两块，上面带阴刻铭文，上书"宫保曾惠敏公圹志"字样。凭着这个可以断定这就是曾纪泽墓，因为根据史书记载，曾纪泽死后葬于长沙，谥惠敏。

　　据当地村民反映，与曾纪泽墓相离不远处另有两处墓葬，其一是对面山上的曾纪泽夫人刘氏墓，另外的传说是曾纪泽侧室的墓。

任驻俄公使，前去沙俄与之谈判，曾纪泽是个有外交才能又有爱国之心的人。在朝中找不出第二个能与他匹敌的人来。"于是，曾纪泽受命于危难之时。

曾纪泽接受这个艰巨的任务之后，就着手开始了紧张的准备工作。他白天拜访各国的使臣，以争取他们的支持，夜晚又挑灯查阅有关谈判的文件和资料，满怀一腔爱国之情，不辞辛劳为争回伊犁而忙碌着。

赴沙俄谈判启程的日子终于来到了，这是1880年7月的一天，天空阴雨连绵，已经好几天没有开晴了，因过度劳累而疲惫不堪的曾纪泽打起精神带着一行人乘火车由法国出发了。

天一直在下雨，冷风夹着冰凉的雨滴吹得人瑟瑟发抖。恶劣的气候并没有使曾纪泽放弃工作，相反，

曾纪泽墓墓庐屋对联

他更加紧张，查看地图，翻阅条约文件，每天都是从早忙到晚。车走得很慢，因洪水泛滥，多次半路停车。有时食品供给也发生困难，他们只能吃些麦饼，喝些凉水。因为休息不好，曾纪泽在第三

天受了风寒，咳嗽
不止，头痛也很厉
害。即使这样，为
了争取时间，他仍
斜躺在卧铺上看资
料，思考着到俄国
后的事情。走了好
几天，终于到了俄
国首都彼得堡。

圣彼得堡风光

　　彼得堡又称圣
彼得堡，是在 18
世纪初确立为俄国都城的。市区内罗马式建筑和哥萨
克式建筑高大雄伟，尖塔林立，似乎在向人们证明着
自己的强大。宽阔街道两旁是枝繁叶茂的法国梧桐树
和绿茵茵的草坪以及五彩缤纷的各种鲜花。尽管是夏
季，但是因为连日阴雨，气温仍很低，人们穿的衣服
还是很厚实，街面上没有几个行人，只有那天真烂漫
的孩子们嬉戏玩耍。

　　曾纪泽是第一次到俄国，异国的景色和风情虽然
令人陶醉，可是他却无心欣赏，满脑子装的都是如何
谈判才能争回权益。

　　车站是古老的俄式建筑，站内十分冷清，旅客非

圣彼得堡位于波罗的海芬兰湾东岸，涅瓦河河口，是俄罗斯第二大城市、重要的工业中心和交通枢纽。

圣彼得堡始建于1703年，1712年，圣彼得堡成为俄国首都。其后200余年，它始终是俄罗斯帝国的心脏。

1914年圣彼得堡改称彼得格勒，1924年列宁逝世后又命名为列宁格勒，1991年苏联解体后恢复圣彼得堡旧名。

——近代著名外交家曾纪泽

折冲樽俎护山河

常少。前来迎接曾纪泽一行的只有清政府驻俄署使邵小村，俄国方面根本没有派人来迎接，表现出俄国的怠慢和无理。

曾纪泽见到这些，心里就有一种说不出的滋味，回想起父亲曾经对他说过的话——弱国无外交，这回他可真是亲身感受到了，堂堂的一国公使居然没有派人来接，可见清政府在国际上尤其在俄国人的眼里是多么弱小，不受重视呀！这无形中也加大了曾纪泽心理上的压力，他想，我刚一来，就遭到俄国人的轻视，那么到谈判时他们还不知如何刁难呢。不过，既来之，则安之，反正这次改约理在我手，无论如何，哪怕就是拼得性命，也要让沙俄把吞到嘴里的肥肉吐出来。

想到这里，曾纪泽觉得浑身增添了无数的力量，精神也好了许多，眉宇间充满了刚毅和坚强。连忙招呼邵小村和随员，马上去使馆。

拓展阅读 TUOZHAN YUEDU

对俄谈判之前，曾纪泽仔细地分析了当时的国际形势，特别是俄、英、法三个国家对此事的态度。

俄国因为前一段时间刚发动对土耳其的战

争，虽然取胜，但是人力财力都有很大损耗，尽管作了对华战争准备，但应该不会贸然发动战争。曾纪泽还从伦敦政府官员那里得知，对于《里瓦几亚条约》的重新签订，俄国内部也有了一定的分歧，沙皇亚历山大二世和外部丞相吉尔斯"有和平了结之意"。

英国与俄国为了各自在华利益在新疆长期竞争，所以他不希望俄国在华势力过度膨胀，清政府拒签《里瓦几亚条约》有利于英国，同时英对华贸易占其整个对外贸易的75%，如果俄中交战，必然会使英国贸易受极大影响。

法国也不希望发生战争，因为中俄战争会使俄国将兵力从欧洲调向中俄边境，从而放松了对法国宿敌德国的牵制。

曾纪泽了解好这些情况后，巧妙地利用英、法、俄三国之间的微妙关系，借住英法制造舆论，使当时国际舆论都倾向于在谈判桌上解决中俄争端，这使俄国感觉到很大的无形压力，使事情向着有利于中方的方向发展。

折冲樽俎护山河
——近代著名外交家曾纪泽

曾纪泽墓石构件

一切都安顿好以后，曾纪泽稍做休息，就向邵小村了解俄国方面的各种情况，以备日后谈判时所用。

送走邵小村后，已经很晚了，曾纪泽刚要休息，俄国驻华公使布策和外部总办热梅尼来了。两个人一进屋门，假惺惺地向曾纪泽道歉说：

"曾大人，实在对不起，今天因有急事，没能到车站去接你，实在对不起。"

曾纪泽一见他们那做作的样子，就知道他们是在演戏，应付道："没有什么，我现在不是很好吗？承蒙二位关照，多谢了。"

这时，布策连忙上前，对曾纪泽说："曾大人，你是第一次来到我们俄国吧？这里的一切你还住得惯吧？如果有什么要求，请提出来别客气。"

崇厚曾担任过三口通商大臣，1870年任总理各国事务大臣等职务，是当时中国派出的外交官员中职务最高的人，但崇厚才能平庸，还不肯用心钻研，连国际外交的一般法则和外交运用方面的许多策略都知道的非常少，不仅如此，他还不肯吃苦，没有先取道新疆去了解当地的形势，而是直接到沙俄进行谈判，间接导致了他谈判的失败。

崇厚到俄国后，俄方对他采取又打又拉的手段，提高接待他的规格，允许他乘坐皇家马车，同时又让他感到俄国的强悍态度，使他面对俄国人谈判就不敢坚持自己的立场。但这些手段再使用到曾纪泽身上时，就没有了当时的效果。

1879年谈判开始，沙俄提出割地、赔款等苛刻条件，明明是他们侵占的中国领土，现在不仅不奉还，反而提出诸多无理要求。在持续半年多的谈判中，沙俄代表不断使用欺骗、逼迫手段，使得崇厚步步退让。清政府曾多次令崇厚"必当权其轻重，未可因急于索还伊犁，转贻后患"，但崇厚未必将此放在心上，在开议之初，就擅自答应了与俄通商的一些条件。

遭国人唾骂的崇厚

关于割地问题，清政府明确表示反对。但崇厚充耳不闻，对沙俄各项要求，"不牢察利害轻重，贸然许之"。

崇厚的行为激起了清朝上下臣民的愤慨，在全国舆论的影响下，1880年崇厚被革职查问，交刑部治罪，3月份崇厚被定为斩监候，待秋后处决。而清政府对崇厚的这一处置，也引起了沙俄方面的极大不满——他们正在为取得巨大利益而欣喜时，听闻中方不承认《里瓦几亚条约》且从重处置了谈判代表，是对自己的"不尊重"。而这一点也成为日后曾纪泽谈判中需要解决的一个重要问题。

在会谈之初，曾纪泽了解到俄国对中方处置崇厚，是"引为大辱"，曾纪泽感到赦免崇厚的罪名，与他谈判能否成功密切相关。为了能在谈判之初营造一个较好的气氛，他在三天内三次电告总理衙门，请朝廷因此准许赦免崇厚。1880年8月12日，清政府宣布将崇厚免罪开释，顾全了俄国的颜面，对会谈起到了积极作用。

折冲樽俎护山河
——近代著名外交家曾纪泽

热梅尼也似乎很亲近地说:"是呀,到这里就和到家一样嘛,千万别客气。"说完,从随身带来的公文包里取出一叠钱来,递给曾纪泽,说:

"你们初来乍到的,要买一些东西,另外,这几天再到各处走走,玩一玩,这点钱你先用着,过几天我们再给你们送来一些,千万别客气。"

曾纪泽在他们二人进屋时就觉得有点蹊跷,心里嘀咕:这么晚了他们来干什么?现在,他终于弄明白他们二人的来意了,原来是来行贿的。想到这,曾纪泽正色道:

"多谢二位的好意,我们到这里比较习惯,也不需要购买什么,再者,我们也有钱,请你们把钱带回去吧。"

布策一见曾纪泽执意不肯收钱,一时也没了主意,直拿眼睛示意热梅尼,热梅尼此刻也没了主张。他们原以为,曾纪泽也会像崇厚那样贪财怕势,没想到碰

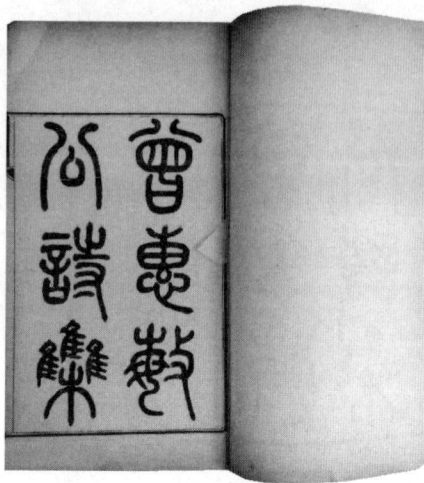

了一个软钉子。热梅尼强作笑脸，凑近曾纪泽的耳朵，"神秘"地说：

"曾大人，这钱数目也不小，你就收了吧，此事是天知，地知，你知，我知，我们不说谁也不知道。"

此时的曾纪泽早生厌恶之感，见他们要收买自己，企图以中饱私囊来换取国家的领土权益，顿时怒从心头起，恶向胆边生，断然拒绝说：

"如果你们是出于礼貌来看我，那么我欢迎，并请你们喝中国的龙井茶；如果你们是为了从我这里打开缺口，企图在谈判时获得不合理的好处，那么你们就打错了算盘。我这次来是下了决心的，崇厚与你们签订的条约，损害了我们国家很多利益，这次改约谈判，我一定要使不合理的地方变得合理公允，所以你们想收买我的话，就请带着你

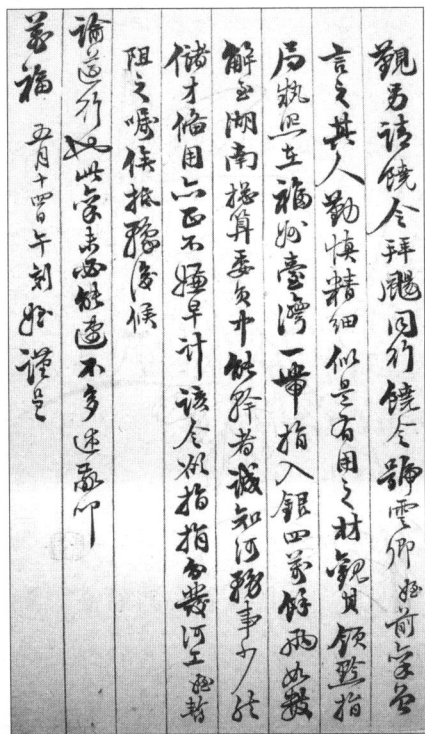

曾纪泽家书

折冲樽俎护山河
——近代著名外交家曾纪泽

们的钱回去吧。"

布策二人见讨了个没趣，只好灰溜溜地回去了。

曾纪泽再也睡不着觉了。自己肩负着使国家领土保持完整的历史使命，肩负着维护中华民族在国际事务中尊严的使命，担子是很重的，怎样做才能对得起祖国，才

曾纪泽家书

068

能不使国人失望呢？这是摆在自己面前的艰巨任务。曾纪泽思前想后，彻夜未眠。第二天，他又找来了邵小村，二人一起又仔细地研究了俄国的情况，分析俄国现在正处在打败土耳其的胜利氛围中，非常狂傲，所以，根本不把中国看在眼里，与这样强大的对手谈判绝不能硬碰硬，要讲究谈判的艺术，以柔克刚，抓住其薄弱环节；另外，现在国际上几个大国如英、法等国，对沙俄的行径也十分不满，担心俄国的强大会使他们自己在国际上地位动摇，损害自己的利益，所

以对沙俄的扩张采取掣肘的态度，以阻止俄国扩张阴谋得逞。基于上述分析，曾纪泽决定制订详细的谈判计划，针对俄国的弱点在谈判中进行有力、有节、有理的辩争；一方面加紧与各国驻俄公使取得联系，争得他们的同情和支持，他开始了紧张的外交工作。

经过一系列认真的准备工作，曾纪泽心里有了底，就等着谈判了。

可是，俄国方面却连一点儿要谈判的意思也没有。驻华公使布策经常到曾纪泽这里，一会儿说陪他去参观博物馆，一会儿又说陪他去钓鱼或看戏，总之，就是不往谈判上提。曾纪泽几次问他什么时间开始谈判，俄方准备好了没有？布策总是回答说："不忙、不忙。等你休息好了再说。"要不然，就用别的话给岔开。

几天过去了，还是没有动静。曾纪泽沉不住气了，心想，既然沙俄政府允许重开谈判，为什么我已来了好几天，他们还不安排谈判呢？其中必有缘故。

果然不出曾公使所料，沙俄原以为曾纪泽也和崇厚一样，贪图享乐。他们想用娱乐占住曾纪泽的心，消磨其意志；另一方面，他们也想拖下去，使谈判草草地结束或不了了之。

曾纪泽看出了俄方的意图，几次照会俄国外部尚书吉尔斯，要求尽快举行谈判，解决悬案，以安人心。

在照会中，曾纪泽措辞激烈，抓住俄国没有谈判实意的弱点，进行抨击。声言，俄方无故拖延时间，无非是没有诚意，或者自觉理亏，否则为什么要这么做呢？如果俄方再不尽快决定谈判时间，那么中方将把俄方的做法公布于众，以讨得公断。

曾纪泽像

吉尔斯见再这样不理不睬已经不行了，就一方面上奏沙皇请示谈判的准则，另一方面回复曾纪泽，推说自己前几天生病了，所以没有能够立即举行谈判，请求谅解，并答应说近几天内即可举行谈判，以重新讨论未决之事。

曾纪泽一见争取谈判取得了成功，就又立即进行详细的准备，仔细检查以前的准备细致不细致，有没有漏洞，以保证万无一失。谈判的日子终于到了。

这一天，天气晴朗无云，夏秋之季的彼得堡的景色更加秀丽。曾纪泽早早地起了床，梳洗一番后，把官服穿戴整齐。今天，他的精神特别好，信心十足。

他想，我报效祖国和施展才华的时候到了，我一定不负祖国的期望和人民的重托。他朝东南方向向着祖国深施一礼，口中念道："请保佑我！"便驱车来到了谈判会场。

会场装修得富丽堂皇，金色的大吊灯被吊在有彩绘图案的天花板上，四周墙壁上数幅壁画使整个会场

对于曾纪泽出使俄国谈判，国内的一些重臣并不抱太大希望，他们承认曾纪泽赴俄改定条约的谈判难度超过崇厚数倍，即使是总理大臣处理该事，也未必能得心应手。因此，在曾纪泽出发前曾有人发密电给他：假如谈判不顺，可以暂缓讨论，待以后再商议。

对此曾纪泽并不同意。他认为这样做俄国也不会默然废除《里瓦几亚条约》，且对中国不利。因为此时中国已然屯重兵在伊犁一带，进退不能，边境问题一天不解决，国防便一天不能稳固。他主张在通商条款上酌情让步，争取收回伊犁全境——"仓卒珠盘玉敦间，待凭口舌巩河山"。

折冲樽俎护山河
——近代著名外交家曾纪泽

伊犁风光

显得过于肃穆。檀黑色的古色古香的器具显得豪华、气派。而最醒目的却是那摆在古董架上的一对唐三彩马和一个宋代的瓷瓶，这是沙俄强盗在第二次鸦片战争中从中国抢去的。

曾纪泽一看到中国的艺术品被沙俄抢去后还摆在中俄谈判的会场上，就非常气愤，心想，沙俄实在欺人太甚，不仅在第二次鸦片战争中趁火打劫抢去了中国无数的钱财物品，还把中国东北、西北144万多平方公里的土地强行割为己有，而且仍不满足，继续胁迫中国割让土地，真是贪得无厌。我这次来俄国，一定要尽我最大的努力维护国家的领土主权，不能让俄国的阴谋再次得逞。想到这，曾纪泽健步走到谈判桌前自己的位子上。

曾纪泽的谈判对手是俄国外部尚书吉尔斯，驻华公使布策和外部总办热梅尼等人。吉尔斯坐在曾纪泽的对面，布策在左，热梅尼在右。他们三个人正在谈笑风生，根本没有理会曾纪泽的到来。

一个弱国的谈判代表受到这等无礼的待遇心情是可想而知的。为了提醒他们的失礼，曾纪泽忍无可忍故意咳嗽了两声，以示他们注意。因为布策和热梅尼已与曾纪泽打过交道，不得不假惺惺地过来和曾纪泽握手，并把曾纪泽介绍给吉尔斯。

曾纪泽不卑不亢又不失礼地作了应承。他仔细打量了一下吉尔斯，只见他身穿一套黑色的笔挺的燕尾服，光秃秃的头上只在发际线上尚能看到一点点的稀

折冲樽俎护山河
——近代著名外交家曾纪泽

伊犁风光

疏的黄发，不大的蓝眼睛深陷在高高的眉骨下面，使人看了以后顿生寒意，大大的鹰钩鼻子安放在那张瘦黄的脸上显得有些不协调，干瘪的两片薄嘴唇紧紧地贴在又尖又长的下巴上，怎么看都别扭。曾纪泽心想，此人怎么长得这样啊，他满脸的阴险狡诈，我不能大意呀！

寒暄过后，吉尔斯启动了他那两片干瘪的嘴唇，慵懒地用不阴不阳的口吻对曾纪泽说：

"曾公使，我听说在你们中国钦差大臣有权处理各种事宜，而公使的权力远不如钦差大臣。崇厚是清政府特派的头等钦差大臣，他与我们签订的条约，岂是你这二等公使所能修改的，再者说，连头等钦差大臣所定的条约都不行，难道你这没有全权的公使修改了就能行吗？依我们看，以前所定的条约现在执行就是了，就不要商改了。"

曾纪泽闻听吉尔斯的话，就知道他还是不想坐下来谈判，企图以不讲理的态度拒绝谈判，于是，义正词严地回答说：

"使臣不论头等二等，他们都不可以违背自己国家的利益和意愿而擅自行使国家所给予的权力。各国定约也必须要两国批准后方可生效实行，如果所定的条约，有不合适或难以实行的地方，照例可以再商议重新修订。而崇厚是违背国家意愿擅自与贵国签订《里瓦几亚条约》的，所以我国政府断不批准。按照国际公例，我就是由政府派来重新修订这个条约的。"

吉尔斯被曾纪泽有理有据的辩驳，噎得一时说不出什

折冲樽俎护山河
——近代著名外交家曾纪泽

么别的话来，只好坐下来
进行谈判。

　　俄国人的如意算盘
是，能不谈就不谈，能拖
就拖，实在不行也要割大
片领土归己有，获得大量
赔款和权益。

　　对于如何进行交涉，
曾纪泽心中早就有了谱，
他以为："伊犁是新疆的
门户，新疆是中国领土不
可分割的一部分。现在如
果放弃伊犁，无异就等于

曾纪泽书法

放弃新疆，放弃中国的主权，那实质就等于灭亡自己
的国家。"所以，他主张对领土主权"要以百折不回之
力据理力争"，而对通商赔款等事项只能忍痛作为权宜
之策，万不得已时可以应允。因为领土关系到千秋万
代，永不改变，而其他的诸如通商赔款等在几年之后
随着形势的变化是可以更改的。所以在与俄国人谈判
时始终应该是坚持"寸土必争、寸步不让"的原则。

　　然而，曾纪泽所坚持的，正是沙俄想得到的。正
式谈判开始了。

由于俄方目中无人，根本瞧不起中国政府，更瞧不起中方的代表，以为所谓的重开谈判只是走走形式而已，所以根本没有准备充分，未作出任何的计划和方案，这样，所有的谈判方案就全部由中方代表曾纪泽提出。

首先涉及的问题是关于霍尔果斯河以西、帖克斯河流大片土地的所有权问题。

曾纪泽慷慨陈词，历数这些地方属于中国所有，毫无理由划归俄国的原因。之后他说：

"这些地方自古以来就是中国的领土，中华民族世代生息在这里，你们俄国强行割占而不归还是毫无道理的。"

吉尔斯见正面的辩驳根本无任何理由，就阴沉着脸说：

"你们大清国现在哪有精力管理这些边远的地

折冲樽俎护山河
——近代著名外交家曾纪泽

曾纪泽所画《狮子图》

方，不如让我们替你们统治这些地方好了。"

曾纪泽见他耍赖不讲理，正色驳斥道："母亲再不好，也没有把自己的孩子往狼嘴里送的。霍尔果斯河以西的地方和

曾纪泽像

帖克斯河流的每一寸土地都是中国的，我们国家有能力管理这些自己的领土，不用贵国费心。"

曾纪泽在谈判桌上毫不相让，实在是出乎吉尔斯、布策等人意料。他们原以为曾纪泽也是毫无作为的庸才，所以根本没有给予足够的重视，致使谈判中自己手足无措，于是布策慌忙宣布休会，改日再进行谈判。

吉尔斯等人回去后，连忙召开了紧急会议，一致认为曾纪泽不可等闲视之。第一次谈判俄国不但没有得到任何好处，反而使曾纪泽占了上风，这实在太可怕了。于是布策等人连夜拟定谈判计划、方案，并在第二天向沙皇作了汇报。

沙皇听了汇报后，恼羞成怒，大发雷霆：

"你们几个蠢才，连一个小小的清朝公使都对付不

沙皇亚历山大二世

了，还能干什么？"

吉尔斯连忙说："是，是，我们实在无能，报告陛下，那曾纪泽实在与崇厚不一样，他机敏得很。"

沙皇恨恨地说：

"不管怎样，我们的计划是要把中国变成我们俄罗斯帝国的一个部分，我要在不久的将来在那里建黄俄罗斯省。所以我命令你们必须战胜中国代表，让他驯服地听我们的摆布。"

挨了一顿臭骂的吉尔斯，哭丧着脸回去准备谈判去了。

曾纪泽第一次谈判就占了上风，心里别提有多高兴。不过他想，沙俄绝不会善罢甘休的，下一轮谈判一定会更艰苦、更激烈，所以不得掉以轻心。

第二轮谈判的气氛与第一次相比是大不相同

持身廉孝师极远

重威老仁兄临祭书

堆梭图书境界清

初刚曾纪泽

曾纪泽手书

了。俄方代表吉尔斯、布策和热梅尼表情严肃、正襟危坐，一副如临大敌的样子。而中方代表曾纪泽却显得自信，有条不紊。

在划定喀什噶尔边界上，俄方代表热梅尼首先发难，他说："中国现在管理的苏约克山口应当按照崇厚签订的条约执行，划归给俄国。"曾纪泽坚定而有力地回答说："关于两国边界，以前勘定的国界应当按原有的执行，没有定下来的则应另行勘测决定。至于让中国在已经勘定的国界再向后退让，实在不合情理。"

布策赶忙为崇厚原议辩护，说："原议所分定的地

　　左宗棠（1812－1885），字季高，号湘上农人，谥文襄，湖南湘阴人，清朝大臣，著名湘军将领。一生亲历了湘军平定太平天国运动，洋务运动等重要历史事件。

　　崇厚在俄京擅订丧权失地的《里瓦几亚条约》后，引起清廷中多数官员反对。左宗棠提出"先之以议论，委婉而机；次决之以战阵"，和战并用的方针。清政府接受了左宗棠的主张，1880年初，正式拒绝承认这个条约，并改派曾纪泽出使沙俄办理伊犁交涉。沙俄政府立即在我西北和东北边境集结重兵，并派舰队到中国海面示威。

　　清政府一面加强东北防务，一面再次命左宗棠为钦差大臣，赴新疆统筹军务调兵备战。左宗棠部署分兵三路收复伊犁。1880年5月，年近70岁的左宗棠冒着风雪，自肃州（今甘肃酒泉）抬着棺木西行出关，向哈密进发，表示了视死如归的决心。各国列强对清政府推翻一个已经签订的条约和惩处崇厚视为大忌，于是纷

折冲樽俎护山河
——近代著名外交家曾纪泽

纷提出抗议。朝内也意见纷纷，认为西征调度，没有把握，于是清政府为避免战争，将崇厚"斩监候"之罪"暂免"。8月11日又以"正须老于兵事之大臣，以备朝廷顾问"为名，将左宗棠调离新疆。但左氏的积极备战，确为曾纪泽在俄国的谈判提供了有力的后盾。乃至左氏被召赴京，沙俄尚以为他是去商讨出兵伊犁之事而极为关注。沙俄最后同意改订新约，与此大有关系。

左宗棠像

方，就是现在两国现管之地。所以，就不要再麻烦重新划定了。"

曾纪泽回答说："既然两国现管之地是以前划定，

那对于条约中改为'照两国现管之地勘定'又有何妨呢?"这实际上否定了俄国霸占苏约克山口。

吉尔斯见曾纪泽毫不让步,气急败坏地说:"如果不照我们的意思办,那么就休会,停止谈判。"

曾纪泽轻轻一笑说:"我们不怕休会,我们正想利用休会的时间把贵国的所作所为公诸于众呢。"

由于俄国在国际上正处于孤立地位,如果把它的霸道行径公诸于众,对其无异于雪上加霜。想到这,布策赶忙陪笑对曾纪泽说:

"曾公使,那么按你说的办吧。"

经过努力,终于保全了苏约克山口等处的领土。

关于伊犁西南部领土,曾纪泽仔细查阅了地图,在谈判桌上多次厉色争辩,寸步不让,终于收回了伊犁9城和帖克斯河流域。在偿付兵费问题上,俄方因为被迫将吃到嘴的肥肉又吐了

出来，怀恨在心，决定增加赔款数额。

热梅尼和布策坚持中国清政府偿付俄方兵费一千二百万卢布，比原议多出七百万卢布，并且无理地宣称：

"你们中国陈兵边境（指左宗棠收复新疆后为防范沙俄入侵加强了西北防务），结果使我们国家不得不也布兵于边境，耗费了很多钱，这些钱应该由你们

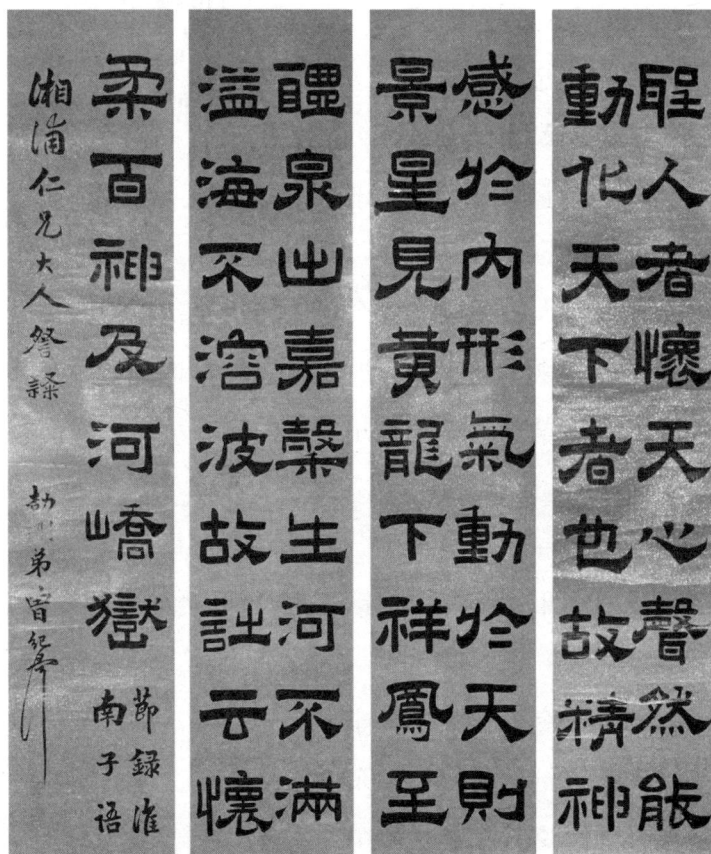

曾纪泽隶书四屏

湘浦仁兄大人鍳諟

勛卅弟曾紀澤

柔百神及河嶠嶽

醴泉出嘉榖生河不滿

溢海不溶波故訧云懷

節錄淮南子語

感於內形氣動於天則

景星見黃龍下祥鳳至

眀人者懷天心聲然能

動化天下者也故精神

偿付。"

曾纪泽说："兵事原由你们而起，反而向我们索取兵费，国际上有这等公理吗？"

吉尔斯见讹诈不成，又恫吓说：

"如果说我们两国之间没有打过仗，你们没有败，而没有索要兵费的理由的话，那么，我们俄国现在正欲要打一仗，以补偿耗费的费用。"

一般的人，尤其是一个弱国的代表，在强国扬言要开战的时候，一定会有所惊惧，可是这些话用在曾纪泽的身上就不那么起作用了。他毫不示弱，针锋相对地回答道：

"开战吗？打仗有胜负，但胜负到底属于谁？谁也说不准。如果中国获胜的话，那么俄国也必须赔我们兵费。"

吉尔斯冷笑一声，不屑一顾地说："自鸦片战争以来，上帝赐给你们中国的东西就是失败，你们还想打胜仗，别做梦了，哈哈哈……"

正当吉尔斯得意狂笑之时，只听"砰"地一声，一只茶杯摔得粉碎，把吉尔斯吓了一跳，笑声戛然停止，再一看，曾纪泽正在怒气冲冲地瞪着他。那茶杯正是曾纪泽摔在地上的。

全屋人的目光都集中在曾纪泽的身上，他一字一句铿锵有力地说：

"你们如此恃强凌弱，实可与强盗无异！我们国家

曾纪泽像

折冲樽俎护山河

是打了几次败仗，但并不等于我国人民就此永远受屈辱，我们不会屈服于强权的，等着吧，东方的睡狮终有醒来那一天！"

吉尔斯见曾纪泽不吃他那一套，只好转做笑脸，说："曾公使不要生气嘛！俄国并不是要出售土地以讨价钱，果真那样，如果以帖克斯河流域来说的话，它岂只值五百万呐？只不过这次修改的条约有许多项，而我们俄国所得甚少，在面子上不太光彩，而想多要些赔偿以自慰罢了。"

这样，在挽回中国大片领土的前提之下，曾纪泽做了让步，赔款增至九百万卢布。

谈判又就一些细微问题进行了几次，其间，曾纪泽总是能"酌情据理"与俄国人周旋，使俄国谈判代表无计可施而又无可奈何。他们在一封信中这样写道："……对于这些中国老爷们不能再抱任何幻想，他们十分傲慢，并且熟悉世界政治。我们的示威没有使他们害怕，正如科托尔的示威没有使苏丹害怕一样。"俄国人曾幻想曾纪泽也会像崇厚那样容易屈服；并把别人的不俯首帖耳任其宰割、不肯屈服投降认为是"傲慢"，在他们想来，曾纪泽应该是个庸才，什么能力也没有，稍事威胁就屈服的人。

俄国人打错了算盘，在曾纪泽据理力争之下，俄国不得不放弃已到手的利益，与曾纪泽在彼得堡签订了《中俄伊犁条约》，中国收回了伊犁等9城和被俄国割占的帖克斯河流域，另外还争回了其他方面的一些主权。中国方面把原议赔偿兵费五百万卢布增至九百万卢布，承认沙俄若干商业特权，霍尔果斯河以西的中国领土仍被沙俄强占去了。

　　这个条约实际上仍是一个不平等的条约，但在1840年以后的清代外交史上，能够重新改订条约，让中国收回一部分土地和主权，实在是绝无仅有的事，其中的功劳多半都是曾纪泽争取回来的。所以条约签订以后，吉尔斯感叹："我办外交事件40年，所见人才甚多，今与贵爵共事，始知中国非无人才。"可见，曾纪泽的外交才能是很突出的。

　　谈判结束后，曾纪泽觉得自己出了口恶气，轻松了许多，他作了礼节性的告别之后，率领行人在一个晴朗的早晨，踏上了归途。

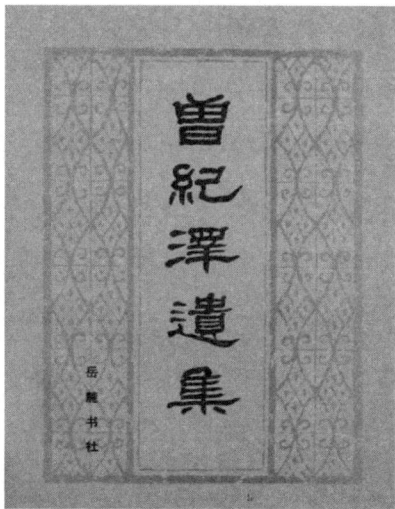

曾纪泽遗集

伊犁风光

　　曾纪泽是中国近代史上著名的爱国外交家，他忧国忧民，及早认识到西学东渐的潮流，发奋学习外语，努力了解国际公法知识，成为近代中国不可多得的外交家。在中俄伊犁交涉事件中，他怀着一腔抵抗列强保卫国家的热血，同沙皇俄国展开了激烈的斗争，迫使沙俄把吃到嘴里的肥肉又吐了出来，捍卫了国家的主权，收回了祖国的领土，维护了民族的尊严，在近代中国外交史上留下了光辉的一页。

八 本 堂

曾氏故居富厚堂前厅名"八本堂",厅内悬挂曾国藩所书"八本堂"三个黑地金字匾额,字下是曾纪泽用隶书所写其父的"八本"家训:"读古书以训诂为本,作诗文以声调为本,事亲以得欢心为本,养生以少恼怒为本,立身以不妄语为本,居家以不晏起为本,居官以不要钱为本,行军以不扰民为本。"

吉尔斯的评价

吉尔斯虽然在谈判桌上与曾纪泽针锋相对，对其恨得"咬牙切齿"，但也不得不佩服曾纪泽过人的勇气和智慧。

在签约结束后，吉尔斯举起酒杯，有点推心置腹地对曾纪泽说："侯爵，请恕我直言，您是我接触过的外交官里最具有智慧又最难对付的，我曾经恨过您，但最终为有您这样的谈判对手而自豪。"

吉尔斯说的是实话，与曾纪泽打交道的这半年，他从轻蔑、傲慢到气恼，以至于无可奈何而钦佩，他为对付曾纪泽绞尽了脑汁，使尽了手腕，但在他看来，最后也只是打了个平手。在他的外交生涯中，他不惧怕任何欧洲和美洲大国的外交同行，而曾纪泽却让他头痛和失眠，这是他从政几十年里绝无仅有的。

《伊犁条约》大要

1881 年 2 月 24 日，《中俄伊犁条约》签订，其大要如下：

（1）俄国交还伊犁地方与中国。

（2）中国降谕将伊犁居民不分民族，在扰乱及平靖后，所为不是，均免究治，免追财产。

（3）伊犁居民，或愿仍居伊犁为中国民，或愿迁居俄国入俄国籍者，均听其便，应于交收伊犁以前询明。其愿迁居俄国者，自交收伊犁之日起，予一年期限迁居，携带财物，中国官员并不阻拦。

（4）俄国人在伊犁之田地，照旧管业。其伊犁居民，交收伊犁时入俄国籍者，不得援此例。又俄国人田地在贸易圈以外者，应照中国人民一体完纳税饷。

（5）中国允将俄国自同治十年至今代收代守伊犁之军政费，并所有前此俄商民在中国境

内被抢害各案之抚恤费，九百万卢布归还俄国，两年付清。（折合中国银五百万两）

（6）伊犁西边划归俄国，以安置因入俄国籍而弃田地之人民。自伊犁西边别珍宝山，顺霍尔果斯河，至该河入伊犁河汇流处，再过伊犁河往南至乌宗岛山廓里扎特村东边，自此处往南，顺同治三年《塔城界约》所订旧界。

（7）同治三年《塔城界约》规定斋桑湖方面之国界，尚有不妥，应自奎洞山过黑伊尔特什河至萨乌尔岭划一线为新界。

（8）俄国照旧约在伊犁、塔尔巴哈台、喀什噶尔、库仑设立领事处，应准在肃州、吐鲁番两城设立领事。其余如科布多、乌里雅苏台、哈密、乌鲁木齐、古城五处，等待商务兴旺，由两国陆续商议添设。但吐鲁番非通商口岸而设领事，他处不得援以为例。

（9）蒙古各处各盟，均准俄人贸易，照旧

不纳税。并准俄民在伊犁、乌鲁木齐、塔尔巴哈台、喀什噶尔及关外天山南北各城贸易暂不纳税。等待将来商务兴旺，由两国议定税则，即将免税废弃。

（10）俄国人民在中国沿海通商者，照各国通商总则办理。在中国关内外陆路通商者，照此约及所附章程办理。此约所载通商各条，及所附《陆路通商章程》，每十年商议酌改。

（11）咸丰八年《爱珲条约》，已准中俄人民在黑龙江、松花江、乌苏里江行船，并准与沿岸一带居民贸易。现在复为申明。

此约异于崇厚之点，为争回帖克斯河广大流域，仅割让霍尔果斯河以西小部分土地。曾纪泽在两国国交即将破裂之际，多次扭转大局，终于挽回了崇厚已经允诺割让的重要地方，保全了国家领土的完整与国家体面，这是清政府自中英订立《南京条约》以来，中外交涉史上最光辉的一页。

鞠躬尽瘁，死而后已

光绪十二年（1886）年底曾纪泽从欧洲回到北京。此时曾纪泽虽然只有47岁，但是离国赴欧8年，他日夜焦心长虑，为国操劳，不仅两鬓过早染上白发，且疾病缠身。尽管如此，他回国后深恐所受皇恩深重，无以报答，每天仍勤奋不倦地工作。

清廷先任命曾纪泽为"海军衙门帮办大臣"，帮办海军事务，协助李鸿章创办北洋水师，旋为兵部侍郎入总理衙门，后调户部，兼署刑部、吏部等部侍郎。在任出使英、法、俄三国大臣期间，曾纪泽曾订造了"致远""靖远"舰，为了订购军舰不受制于洋人，深入地学习过近代海军知识，在有关舰船技术的论述上极有见地。后曾纪泽又被任命为"总理各国事务大臣""户部右侍郎兼管钱堂事务"及"户部三库大臣"等要职，后来又兼"刑部侍郎"，管理同文馆。因他兼职多，工作繁重，心理承受压力很大，最后竟因感冒身患伤寒，一病不起，卒于光绪十六年（1890）闰二月二十三日，享年51岁。谥惠敏。

曾纪泽逝后，清廷上下哀痛，从一些为他所作的挽联中，可见各人对他功绩的肯定和逝世的惋惜。

李鸿章挽曾惠敏联：

执别一旬，何意遂成千载隔

抗棱四裔，此才方识九州难

又联：

师门相业，常在九州，惟公西使归槎，独恢张海外功名，从此通侯尊博望

京国朋交，又弱一个，自我南行持节，正萦绕日边魂梦，忍听哀些赋长沙

又，黄漱兰大银台联：

有此佳使臣，万国方知天节贵

真堪续名父，一官惜以地卿终

又，许仙屏河帅联：

门馆托师恩，拜北平于马前，何堪哭其父

子兄弟

海隅张国体，召长沙而鹏入，能无惜此博达忠勤

又，陈六舟京兆联：

我稽故实，奉三朝元老，为阁师民到于今，兴诵长怀先太保

君抱奇才，以四姓小侯，使绝域忧犹未弭，羌情又失后将军

又，杨诚之观察联：

为张博望易、为富郑公难，力折强邻，拓地远逾分水岭

通方言以文、治舟师以武，时方多事，问天何夺济川材

又，陈哲南联：

文正在天，隐忧时局，留围棋数子，待公补之。记从海外归槎，都望中朝相司马

不才入洛，苦少知音，弹爨琴一声，更谁听也？回忆堂前樽酒，曾呼下士当元龙

曾纪泽像

折冲樽俎护山河

中华魂·百部爱国故事丛书

提　要

《誓与禁烟相始终——民族英雄林则徐》

林则徐严禁鸦片，坚决抵抗西方列强的侵略，坚持维护国家主权和民族利益。他是中国近代历史上第一位睁眼看世界的人，是抗击帝国主义殖民侵略的第一人，是中华民族抵御外侮过程中伟大的民族英雄。

《血洒虎门御敌寇——抗英将军关天培》

民族英雄关天培，在第一次鸦片战争中为了抗击英国侵略者的入侵而血洒虎门，为国捐躯，谱写了一曲可歌可泣的英雄赞歌。关天培用他的生命，书写了中国人民反抗外侮的历史。

《威震镇海靖节魂——抗敌英雄裕谦》

在第一次鸦片战争期间的众多牺牲者中，有一位官阶最高，他就是两江总督裕谦。裕谦与外国侵略者斗争立场坚定，与国内妥协派、投降派斗争态度坚决。裕谦督战镇海，与英国侵略军浴血奋战，临危不惧，以身报国，浩气长存。

《斩邪留正解民悬——太平天国领袖洪秀全》

农民出身的洪秀全，从失意文人到起义领袖，经历了长期的思想演变过程，在外敌入侵、清朝政府腐朽的历史环境之下，顺应时代的潮流，成长为一位非凡的历史英雄人物，建立了与清朝政府相抗衡的农民政权——太平天国。

《仰承汉唐　荟萃中外——近代数学家李善兰》

李善兰是我国19世纪重要的科学家之一，在数学、天文学、力学等方面都有重大建树。他继承了我国古代数学的成就，又以极大的热情传播西方科学文化，"仰承汉唐，荟萃中外"，把自己的一生献给了科学事业。

《严谨治学　勇于探索——近代著名数学家华蘅芳》

华蘅芳，中国近代数学家之一。其精通中国古算学，并熟练掌握西方近代数学，是中国验证抛物线并著书立说的参与者。为了证明"外国有的，中国也能造"而鞠躬尽瘁，在引进西方科学技术、传播科学知识上贡献卓著。

《折冲樽俎护山河——近代著名外交家曾纪泽》

曾纪泽是中国近代史上著名的爱国外交家，在中俄伊犁交涉事件中，他秉承抵抗列强、保卫国家的坚定意志，利用外交手段全力同沙俄抗争，捍卫了国家主权、民族尊严，收回了祖国的领土，在近代中国外交史上留下了光辉的一页。

《甲午海战留英名——民族英雄邓世昌》

邓世昌，北洋水师名将。本书以邓世昌的成长过程为线索，以代表性的历史故事为主要内容，还原真实的历史事件，突出鲜明的人物性格。邓世昌因在中日甲午海战中突出的英雄气概而名垂史册，书写了伟大的爱国主义篇章。

《誓与舰队共存亡——北洋水师提督丁汝昌》

丁汝昌处在清朝政府的腐朽和李鸿章的专断下，难以施展爱国的抱负，壮志未酬，愤恨而终。但丁汝昌为建立近代海军作出的巨大贡献，带领北洋舰队爱国官兵勇抗强敌的英雄事迹，将永远为后代所传颂。

《镇南关上凯歌扬——抗法老英雄冯子材》

1885年中法战争中，年逾古稀的冯子材为抵御外国侵略，勇赴国难，大败法军于镇南关，并乘胜追击，接连收复文渊、谅山等地，从根本上扭转了中法战争的局面，成为近代民族英雄的杰出代表。

《屡败法军逞英豪——黑旗军将领刘永福》

刘永福是黑旗军的创建者，是农民出身的杰出军事家、政治活动家。在19世纪发生的援越抗法、中法战争中，他率部与帝国主义侵略者进行了殊死的战斗，建立了卓越的功勋，成为我国近代史上著名的民族英雄，为后世所景仰。

《矢志变法强国家——戊戌变法领袖康有为》

康有为是清末民初最有影响力的思想家之一。他领导了中国知识界的启蒙运动，掀起了一场自上而下的政体改革。他最早在中国提出了立宪政体和具体的宪政方案，主张在坚持儒家传统和帝制的前提下，学习西方经验，他的进步思想对近代中国具有深远的影响。

《开民智以报国　普新知而图强——戊戌变法思想家梁启超》

梁启超，中国近代史上著名的政治活动家、启蒙思想家、史学家、文学家，戊戌变法领袖之一。本书以百日维新思想家梁启超的成长过程为线索，以代表性的历史故事为主要内容，还原真实的历史事件，突出鲜明的人物性格。

《我自横刀向天笑——维新志士谭嗣同》

谭嗣同在民族危机的严重时刻，投身改革救中国的洪流。为了带给祖国一个光明的未来，紧要关头，他挺身而出，用自己的鲜血激励后人，把宝贵的生命献给了变法事业。

《睡乡敢遣警世钟——用生命警策国人的陈天华》

陈天华是民主革命的活动家和宣传家。他写的《猛回头》《警世钟》等书，起到了革命启蒙的重大作用。为了激发留日学生的爱国情怀，他不惜投海自杀，演出了近代史上感人至深的一幕，给后人留下了难忘的印象。

《革命军中马前卒——民主斗士邹容》

革命乃"至尊极高，独一无二，伟大绝伦之一目的"；它是"天演之公例，世界之公理，顺乎天而应乎人"的伟大行动。因此，必须"仗义群兴革命军"。他激情高呼："革命独子万岁！中华共和国万岁！"这就是《革命军》的作者，中国近代著名资产阶级革命宣传家邹容。

《休言女子非英物——鉴湖女侠秋瑾》

为民族解放和妇女解放而英勇斗争的秋瑾，冲破封建礼教的思想牢笼，打碎封建精神枷锁，崇仰真埋，追求光明，主张共和，坚持男女平等，最终献出了自己年轻的生命。

《血溅校场 杀身成仁——民主斗士徐锡麟》

本书讲述了反清志士徐锡麟弃文从武、投身反清革命事业，最终被清政府杀害的故事。出于对国家的热爱，徐锡麟献出自己的生命，他的事迹将永远激励后人深切缅怀这位民主革命的先驱。

《生可死耳 我志长存——献身民主的禹之谟》

禹之谟，民主革命党人，同盟会会员，近代资产阶级革命家、实业家。1886年，20岁的禹之谟"提三尺剑，挟一卷书"游历四方，研究西方社会政治学说，忧国忧民之心日趋强烈。戊戌变法失败，他丢掉改良幻想，倡革命救亡之说，走上民主革命道路。

《物竞天择 适者生存——资产阶级启蒙思想家严复》

严复是中国近代著名的启蒙思想家、翻译家和教育家。他长期从事教育和翻译事业，为近代中国人才培养和思想启蒙做出了重要贡献，同时他也为中国的翻译事业和中西思想文化交流做出了重要贡献。

《辛亥革命急先锋——资产阶级革命家黄兴》

黄兴，清末民初资产阶级革命家，中华民国开国元勋。黄兴在武昌首义及辛亥革命时期的爱国表现，与孙中山闻名于当时，常被时人以"孙黄"并称。本书以资产阶级革命活动实干家黄兴的成长过程为线索，歌颂了先辈伟大的爱国主义精神。

《矢志革命 百折不回——近代民主革命家廖仲恺》

廖仲恺追随孙中山踏上了创立民国与捍卫共和制的旧民主主义革命

之路；在新民主主义革命时期，他为建立、巩固首次国共合作和实施三大政策，英勇奋斗，为国殉职，洒尽了一腔热血。

《将军拔剑南天起——护国英雄蔡锷》

蔡锷是中国近代史上的杰出军事家、爱国者。他的一生短暂而伟大。辛亥革命爆发，他毅然投身于革命洪流之中，领导云南重九起义，对武昌起义积极响应。袁世凯窃国复辟、恢复帝制的阴谋暴露出来以后，他又毅然举起了武装讨袁的旗帜。

《反帝反封建运动——五四青年的爱国故事》

五四运动是一次伟大的反帝反封建的爱国运动；是一个伟大的历史转折点；是中国人民的斗争从挫折走向胜利的一个关节点，它为中国的前进开辟了一条全新的道路，拉开了中国新民主主义革命的序幕。

《思想自由　兼容并包——著名教育家蔡元培》

蔡元培是中国近现代著名的民主革命家和教育家，一生经历风雨，却始终信守爱国和民主的政治理念，致力于废除封建主义的教育制度，奠定了我国新式教育制度的基础，为我国教育、文化、科学事业的发展做出了富有开创性的贡献。

《为国家争光　为民族争气——中国铁路之父詹天佑》

詹天佑是我国最早的杰出铁道工程师，因主持建造京张铁路而闻名中外，被誉为"中国铁路之父"。他为祖国的铁路事业贡献了毕生的精力。本书向读者展示了詹天佑热爱祖国、科技兴国的辉煌人生。

《实业救国　衣被天下——轻工之父张謇》

张謇是爱国实业家、教育家。他年轻时中过状元。过了40岁，开始投身工商实业活动中，他的名言是"富民强国之本在于工"。在南通，创办大生丝厂、银行等各种实业。并将创办实业的大部分所得投入教育。他的观点是，教育和实业一样，也是"富强之大本"。

《心向革命　追求光明——平民将军冯玉祥》

冯玉祥将军"是一位从旧军人转变而成的坚定的民主主义战士"。

抗日战争期间，他辗转各地，用实际行动积极抗战。日本战败投降后，他为了断绝美国的援蒋内战，又在美国四处演说，揭露蒋介石统治之黑暗，痛斥美国阴谋分裂中国的不良行为。

《刑场上的婚礼——革命烈士周文雍　陈铁军》

周文雍是广州起义的主要领导人之一。陈铁军出身于华侨商人家庭，却毅然投身革命洪流。1928年1月，两人接受派遣，回到广州假扮夫妻从事革命斗争，却不幸被捕。临刑前，两位烈士将敌人的枪声当作自己婚礼的礼炮，用生命和爱情谱写出一曲千古绝唱。

《星星之火　可以燎原——井冈山斗争的故事》

1927—1929年，毛泽东、朱德等老一辈革命家，在井冈山创建了农村革命根据地，进行了艰苦卓绝的斗争，建立了新型革命武装，点燃了工农武装革命之火，找到了农村包围城市最后夺取政权的中国革命的正确道路。

《新民学会的主要发起人——中国共产党早期革命家蔡和森》

蔡和森青年时期曾与毛泽东等人一起组织进步团体新民学会，参加五四运动，并在赴法国勤工俭学时研读大量马克思主义著作，回国后以满腔热忱投身革命事业，成为中国共产党早期重要的理论家和宣传家。

《威震黄浦江畔　高奏抗日壮歌——一·二八淞沪抗战》

面对日本侵略者的挑衅，十九路军在蒋光鼐、蔡廷锴的带领下，高举义旗，奋力一搏。一·二八淞沪抗战，是中国军人捍卫军人荣誉和祖国尊严所发出的吼声，谱写了一曲抗击日军侵略的英雄壮歌。

《将军恨不抗日死——慷慨就义的吉鸿昌》

在国难深重的20世纪30年代，吉鸿昌将军因拒绝执行国民党指示，坚决不打内战，被迫携眷出国"考察"。回国后，他加入中国共产党，组织了民众抗日同盟军，英勇打击日本侵略者，后于1934年11月被国民党反动派杀害。

《献身革命　甘于清贫——梅岭忠魂方志敏》

大革命失败后，方志敏凭着"两条半步枪"起家，身经百战，创建了赣东北革命根据地和红十军。本书真实记录了方志敏投身于革命、领导红军和敌人进行艰苦卓绝斗争的经历，歌颂了烈士贫贱不移、威武不屈、献身革命的高尚品质。

《奏响中华最强音——人民音乐家聂耳》

聂耳在他有限的生命中创作了数十首革命歌曲，在抗日救亡运动中，聂耳的这些歌曲产生了广泛深远的影响。他的音乐创作为中国无产阶级革命音乐的发展指明了方向，树立了榜样。

《横眉冷对千夫指——中国文化革命主将鲁迅》

鲁迅不但是伟大的文学家，而且是伟大的思想家和伟大的革命家。在那风雨如晦的黑暗年代里，他以笔为投枪，同一切帝国主义和反动派进行了顽强的战斗，为中国人民树立了一个不朽的丰碑。他是新文化战线上的一面光辉旗帜，是我们伟大民族的灵魂。

《铁流两万五千里——红军长征的故事》

红军长征是人类历史上的一次伟大的壮举。第五次反"围剿"失败后，中国工农红军的三大主力在极端艰难的条件下，突破国民党军队的围追堵截，进行了史无前例的战略大转移，总行程达两万五千里以上。途中发生了许多动人故事，至今令人难以忘怀。

《荣辱不移革命志——创建陕北红军的刘志丹》

刘志丹是杰出的无产阶级革命家、军事家，西北红军和西北革命根据地的主要创始人之一。他一生热爱人民，追求真理，英勇善战，百折不挠，艰苦奋斗，忠心赤胆，为创建红军和革命根据地、为中国人民的解放事业建立了不可磨灭的功勋。

《英名永存北平城——爱国将领佟麟阁　赵登禹》

1937年7月28日，日军向北平郊区发动进攻。第二十九军副军长佟麟阁奉命在南苑率部与日军苦战，腿部受伤，头部被敌机炸伤，壮烈殉国。第一三二师师长赵登禹指挥部队顽强抵抗日军，右臂中弹负伤，仍继续作战。后在转移途中遭日军截击而牺牲。

《八百壮士 四行仓库铸军魂——谢晋元和他的战友们》

八一三抗战，中国军人以血肉之躯揭开全面抗战的帷幕。这是一场血战，是中国军人不屈不挠的英雄诗篇，其中的八百壮士守四行，成为这首英雄颂歌中最动人、最凄美的音符。一曲四行保卫战，铸就了不屈的军魂。

《八女投江 气贯长虹——八位抗联女战士》

抗日战争时期，以冷云为首的东北抗日联军8名女战士，为捍卫民族尊严，面对凶残的日寇，镇定自若，宁死不屈，投江殉国，表现了中华民族同敌人血战到底的英雄气概。她们的光辉形象，激励着千千万万的后来人。

《艰苦抗战 威震敌胆——著名抗日英雄杨靖宇》

杨靖宇将军是我国著名的抗日民族英雄。曾先后担任磐石游击队政治委员、东北抗日联军第一军军长兼政委、抗日联军总司令等职。领导军民对日寇坚持了长达9个年头的艰苦卓绝的斗争，最终以身殉国。

《死也不当亡国奴——镜泊抗日英雄陈翰章》

陈翰章，从1932年8月投笔从戎，直到1940年12月8日为抗击日本侵略者，战死在镜泊湖畔。他在抗日疆场上奋战了九年，他那可歌可泣的英雄事迹将为人们永世传颂。

《名将殉国 气壮山河——抗日将军张自忠》

著名抗日将领、民族英雄张自忠，生于忧患的时代，抱有"宁为百夫长，胜作一书生"的志向，经历过失败与低谷，最终成就了慷慨人生。本书主要以人物活动为主，勾画出一个真正的"民族魂"鲜活的人生，会带给读者振奋的力量。

《宁死不辱战士名——狼牙山五壮士》

1941年日寇在河北易县"扫荡"。为掩护群众和主力部队撤退，五位八路军战士毅然把敌人引上了狼牙山棋盘坨峰顶绝路。弹尽粮绝、无路可退，五位英雄纵身跳下了万丈悬崖，用生命和鲜血谱写出一曲惊天地泣鬼神的壮举。

《太行浩气传千古——抗日名将左权》

左权，中国工农红军和八路军高级指挥员，著名军事家。是八路军在抗日战场上牺牲的最高指挥员。名将阵亡，太行山为之垂首，全党为之悲痛。周恩来称他"足以为党之模范"，朱德赞誉他是"中国军事界不可多得的人才"。

《虎将兴关外　抗倭统雄师——抗联英雄赵尚志》

本书描写了久经考验的共产党员、东北抗联的创建者和主要领导人赵尚志，在艰苦卓绝的条件下，坚持抗战，威震敌胆，战功卓著，忍辱负重，忠贞不屈，为国捐躯的英雄故事，为青少年读者呈上一部爱国主义的佳作。

《黄埔之英　民族之雄——抗日名将戴安澜》

抗日名将戴安澜，先后参加保定、漕河、台儿庄、武汉、昆仑关等战役，作战英勇，屡建奇功；入缅作战，"扬威国外，藉伸正义"；守东瓜，复棠吉；殒身缅北，遗恨丛林，马革裹尸，成就了光辉的一生。

《爱国志士　民主先锋——新闻出版家邹韬奋》

本书讲述了邹韬奋献身新闻出版事业的奋斗历程，展现了一位新闻工作者坚定的革命信念和炽热的爱国主义精神，全心全意为人民服务、为读者服务的奉献精神，歌颂了他的高尚情操和优良品质。

《为抗战发出怒吼——人民音乐家冼星海》

人民音乐家冼星海，青年时期在巴黎求学，饱尝屈辱与磨难；学成后毅然回到多灾多难的祖国，用满腔热忱谱写激昂的音乐，鼓舞中华儿女的斗志；奔赴延安，谱写出不朽的名作《黄河大合唱》，发出中华民族抗日救亡的怒吼。

《全民皆兵　抗击日寇——抗日战争的故事》

中国人民进行的十四年抗战，是一百多年来中国人民反对外敌入侵第一次取得完全胜利的民族解放战争。这场战争是以国共两党合作为基础，有社会各界、各族人民、各民主党派、抗日团体、社会各阶层爱国人士和海外侨胞广泛参加的全民族抗战。

《捧着一颗心来　不带半根草去　　人民教育家陶行知》

陶行知是我国现代教育史上伟大的人民教育家、教育思想家。他从青年起就立志献身教育事业，以"捧着一颗心来，不带半根草去"的赤子之心，为人民的教育事业鞠躬尽瘁。

《为民主与和平拍案而起——民主斗士闻一多》

闻一多早年与梁实秋等人发起成立清华文学社。赴美留学期间由对祖国的深深眷恋而创作著名的《七子之歌》。后在西南联大任教8年，积极投身于抗日运动和争取民主的斗争，发表了著名的《最后一次讲演》。

《铁窗难锁钢铁心——革命先烈王若飞》

王若飞是我党早期杰出的无产阶级革命家。在艰苦卓绝的斗争中，他出生入死，屡建奇功，以超人的睿智和胆略，在敌人的监狱中，同敌人展开了殊死的较量，为抗战的胜利和新中国的诞生做出了卓越的贡献。

《横扫千军　还我河山——抗联名将李兆麟》

李兆麟是东北抗日联军创建人之一，他率领抗日联军历尽千难万险与日本侵略者浴血奋战，在极其艰苦的条件下，保存了抗日联军的有生力量，为东北光复做出了重大贡献。

《锄头开出新天地——解放区大生产运动》

为了解决困难，渡过难关，党中央号召党政军民齐动手，开展大生产运动。中国共产党在其控制区域内发动的一场军队屯田和鼓励生产的群众运动，达到了自己动手丰衣足食，共度难关，既进行革命又进行生产自足的目的。

折冲樽俎护山河

——近代著名外交家曾纪泽

《生的伟大　死的光荣——女英雄刘胡兰》

刘胡兰，坚贞不屈的少年女英雄。生前对我国劳动人民的解放事业无限忠诚，在敌人威胁面前，大义凛然，毫无惧色，英勇牺牲，表现了共产党员的高贵品质。

《饿死不领美国救济粮——爱国知识分子的楷模朱自清》

朱自清作为爱国知识分子的典型，以锐利的笔锋直言痛斥反动政府的暴行，体现了他崇高的爱国情怀和不畏恶势力的精神品格。毛泽东曾给朱自清先生以高度评价："一身重病，宁可饿死，不领美国的'救济粮'"，"表现了我们民族的英雄气概"。

《为了新中国前进——舍身炸碉堡的董存瑞》

伟大的英雄，中国人民的儿子董存瑞，从儿童团长成长为一名光荣的解放军战士，在1948年解放隆化县城时，舍身炸碉堡，为新中国献出了自己年轻的生命。他的英雄形象永远留在人民心里。

《宁死不屈的共产党员——革命烈士江竹筠》

江竹筠，就是著名的江姐。1947年春，她负责《挺进报》工作，只几个月的时间，报纸就发行到1600多份，引起了敌人的极大恐慌。由于叛徒出卖，江姐不幸被捕，惨遭毒刑的残酷折磨，仍坚贞不屈。最后被特务秘密枪杀，年仅29岁。

《抗美援朝　保家卫国——志愿军的战斗故事》

抗美援朝战争是中国人民志愿军为援助朝鲜人民、保卫祖国安全，与美国为首的"联合国军"发生的战争。在朝鲜牺牲的志愿军烈士们，他们英勇的战斗事迹、保家卫国的精神值得我们发扬光大。

《上甘岭上壮烈歌——黄继光和他的战友们》

在1952年10月的上甘岭战役中，黄继光和他的战友们在零号阵地半山腰被敌机枪火力点压制，此时，黄继光身上已经多处负伤，手雷也已全部用光。为了完成任务，减少战友的伤亡，他用自己的胸膛堵住正在扫射的敌机枪射孔，为反击部队扫清了前进的道路。

《诗书印画　全入神品——国画大师齐白石》

齐白石出身贫寒，做过农活，当过木匠，后改学雕花木工，从民间画工入手，摹古人真迹，学诗文书法，融汇古今，而诗、书、印、画俱佳；他将中国画的精神与时代的精神统一得完美无瑕，使中国画得到国际的重视，无愧于"国画大师"的称号。

《毕生为文化而奋斗——中国第一出版家张元济》

张元济参与、主持和督导商务印书馆近六十年，使其从简单的印刷企业转变为当时中国教育出版的旗帜。张元济一生爱书，在中华大地动荡不安的年代里，他用自己对文化的热爱，续存着中华民族灿烂悠久的文明之光。

《独树一帜　梨园大师——著名京剧表演艺术家梅兰芳》

梅兰芳，京剧大师，演唱风格独树一帜，世称"梅派"。曾先后赴日本、美国、苏联演出，并荣获美国波摩那学院和南加州大学的荣誉文学博士学位。作为一位爱国者，抗战期间蓄须明志，拒绝为日本人演出，为后世称颂。

《华侨旗帜　民族光辉——爱国侨领陈嘉庚》

陈嘉庚是著名的爱国华侨领袖、企业家、教育家、慈善家、社会活动家。他为辛亥革命、民族教育、抗日战争、解放战争、新中国的建设做出了卓越的贡献。生前被毛泽东誉为"华侨旗帜、民族光辉"。

《向雷锋同志学习——伟大的共产主义战士雷锋》

雷锋，一个平凡而伟大的共产主义战士，一心向着党，一生秉承着全心全意为人民服务、无私奉献的崇高思想；发扬刻苦学习和钻研理论的"钉子"精神；坚持勤俭节约、艰苦奋斗的优良作风。毛泽东为其题词："向雷锋同志学习。"

《人民的好公仆——县委书记的好榜样焦裕禄》

焦裕禄，被誉为县委书记的好榜样。他用自己的革命精神，展开了与大自然、与社会落后现象、与病魔的多重抗争，让我们领略到一个共产党人的生之伟大、死之壮美的人格品质和具有现实教育意义的精神魅力。

《文学巨匠　京味大师——人民作家老舍》

老舍是我国现代小说家、文学家、戏剧家。他用融入骨髓的真诚文字反映生活的喜怒哀乐。老舍的一生，总是在忘我地工作，他是文艺界当之无愧的"劳动模范"，生前被北京市人民政府授予"人民艺术家"的称号。

《革命老人——无产阶级教育家徐特立》

徐特立是一代伟人毛泽东的老师。他出生在贫苦家庭，大部分时间生活在动荡艰苦的年代；他刻苦勤奋，不畏艰辛，追求光明，一生勤俭，为革命培养了大量的人才；他对党和人民任劳任怨，鞠躬尽瘁。他坎坷奋斗的一生，留下了许多可歌可泣的故事。

《人生能有几回搏——新中国第一个世界冠军容国团》

容国团先后担任中国乒乓球队运动员、女队主教练。获得1959年男子单打世界冠军；1961年夺得男子团体世界冠军；作为中国女队主教练，1965年率女队第一次夺得女子团体世界冠军。他的"人生能有几回搏"的豪言，举国传诵。

《石油工人一声吼　地球也要抖三抖——铁人王进喜》

王进喜，新中国第一批石油钻探工人。他为祖国石油工业的发展和社会主义建设立下了不朽的功勋，在创造了巨大物质财富的同时，还给我们留下了宝贵的精神财富——铁人精神。他被评为"百年中国十大人物"，写入中华民族的光辉史册。

《做人民需要我做的事——著名地质学家李四光》

李四光是一位伟大的科学家，他一生从事地质学研究工作，足迹遍布祖国的山川，为祖国探明了许多地下宝藏；他创建了崭新的学说——地质力学；他历尽重重困难，为正确认识地质构造开辟了一条新路。

《中国化学工业的先驱——著名化学家侯德榜》

为摆脱纯碱需要进口的窘况，20世纪初，怀着"实业救国"梦想的中国化工先驱侯德榜等人创办了永利碱厂，并立志生产出中国人自己的碱。1926年，永利碱厂终于成功地生产出"红三角"牌纯碱，从此中国制碱业得以跨入世界先进行列。

《毕生求是　一丝不苟——著名科学家竺可桢》

著名科学家竺可桢献身科学研究；治学严谨，一丝不苟；一生廉洁，两袖清风；作风民主，爱护学生。他以爱国之心、报国之志，从一个民主主义者逐渐成长为一个共产主义战士。

《热爱自然的大地之子——著名植物学家蔡希陶》

蔡希陶，五十载风雨，五十载坎坷，五十载奋斗，五十载开拓，为了发现对人类生产、生活有用的植物及新物种的引进而做出巨大贡献，在中国的植物资源学史上将永远镌刻着他的名字。

《高洁无私的襟怀——知识分子的楷模蒋筑英》

蒋筑英是中国当代知识分子的先锋典范，他不为名，不为利，尊重科学；他以坚忍的毅力和顽强的作风，在科学的道路上呕心沥血，鞠躬尽瘁，无私地奉献了青春和生命。

《迎接新生命的天使——卓越的妇产科专家林巧稚》

林巧稚是国内外享有盛誉的妇产科专家。在五十多年的医学教育和临床实践中，林巧稚亲自接生了五万多婴儿，治愈了数千病人，培养了数以百计的专门人才，为我国的妇女儿童事业做出了不可磨灭的贡献。

《独自成千古　悠然寄一丘——国画大师张大千》

张大千是20世纪中国画坛最具传奇色彩的国画大师，无论是绘画、书法、篆刻、诗词无所不通。在艺术界深得敬仰和追捧，艺术家们用真挚的感情，用绘画和雕塑展现了"张大千"多彩的艺术形象。

《建造中国的通天塔——著名数学家华罗庚》

中国当代著名数学家华罗庚，为中国数学的发展做出了无与伦比的贡献，他是中国解析数论、典型群、矩阵几何等多方面研究的创始人与开拓者，也是我国最早将数学理论研究与生产实践紧密结合的科学家。

《问鼎长天　强我国威——两弹元勋邓稼先》

邓稼先是我国著名科学家，参加组织和领导我国核武器的研究、设计工作，从对原子弹、氢弹原理的突破和试验成功及其武器化，到新的核武器的重大原理突破和研制试验，作出了重大贡献。是我国核武器理论研究工作的奠基者之一，被誉为"两弹元勋"。

《敢叫天堑变通途——桥梁专家茅以升》

中国著名的桥梁专家茅以升从小立志为祖国建造桥梁，经过不懈努力，他不仅设计建造了一座座宏伟壮观、坚固实用的道路桥梁，而且搭建了一座座友谊之桥，为祖国建设作出了卓越贡献。

《蘑菇云之梦——核物理学家钱三强》

被誉为"中国原子弹之父"的核物理学家钱三强，更名后立志于科技报国；24岁投师于世界著名核物理学家居里夫妇；与夫人何泽慧合作，发现铀的"三分裂""四分裂"现象；统领我国的原子大军，做了大量创造性工作。

《两离桑梓地　满怀雪域情——领导干部的楷模孔繁森》

孔繁森，是一位一尘不染、两袖清风的好干部。两次进藏工作，历时十载，为西藏的建设、发展和稳定作出了突出的贡献。1994年11月，孔繁森不幸以身殉职。人民群众称他为新时期领导干部的楷模。

《摘取数学皇冠上的明珠——著名数学家陈景润》

陈景润是享誉世界的数学家，为了证明"哥德巴赫猜想"，他以惊人的毅力在数学领域里艰苦跋涉，终于攻克了世界著名数学难题"哥德巴赫猜想"中的"1＋2"，创造了中国乃至世界数学史上的辉煌。

《学术独步　饮誉四海——享有国际威望的科学家卢嘉锡》

卢嘉锡是一位在国际科学界享有崇高威望的物理化学家、化学教育家和科技组织领导者。1945年，卢嘉锡满怀"科学救国"的热忱回到祖国，对中国原子簇化学的发展起了重要推动作用，他所指导的新技术晶体材料科学研究，也取得了重大成绩。

《德艺双馨　梨园楷模——著名豫剧表演艺术家常香玉》

常香玉1941年赴陕甘演出。1948年在西安创办香玉剧社。1951年为支援抗美援朝，率剧社巡回西北、中南、华南各地演出，以演出收入捐献"香玉剧社号"战斗机一架，素有"爱国艺人"之誉。

《文学大师　激流勇进——著名作家巴金》

本书以巴金生平和主要事迹为线索，回顾和展示现代著名作家巴金的一生，以期让人们看到巴金在这风云变幻的100多年中，有过成功的欢欣，有过屈辱的磨难，有过痛苦的忏悔，有过平静的安宁。巴金的人生，映照着一代中国五四知识分子坎坷而不平凡的命运。

《壮心系科学　孜孜为国昌——理论化学家唐敖庆》

本书讲述了唐敖庆从出国求学、学业有成、回国任教，到服从安排、艰苦工作、刻苦钻研，最终成为中国量子化学奠基者的过程。让人们看到了这位著名化学家的赤心爱国、严谨治学、大公无私的崇高品格和科研上的卓越成就。

《中国导弹之父——著名科学家钱学森》

当第一颗原子弹升空的时候，当中国的人造卫星奏响《东方红》的时候，当中国运载火箭腾空而起的时候，当中国研制的导弹准确命中目标的时候，人们都会想起他的名字：中国导弹之父钱学森。

《中国近代力学的奠基人——著名科学家钱伟长》

钱伟长曾以中文和历史两个100分的成绩考入清华大学。九一八事变后，钱伟长毅然放弃了文科的学习而转为理科。他是中国近代力学、应用数学的奠基人之一，在固体力学、流体力学以及航空航天领域，取得了卓越的成就，为新中国的现代化建设付出了毕生的精力。

《中国光学科学的奠基人——著名科学家王大珩》

王大珩是我国著名的科学家，中国光学科学的奠基人。他先在清华就读，后赴英国求学，学业有成，立志科学救国，其成就享誉神州。他以科学的求是精神和赤诚的爱国情怀，探索着中国光学发展的闪光之路。